増補改訂版

点字と共に

金夏日

皓星社

序にかえて

母思うよすがにわれは朝鮮足袋穿いてみてまた行李にしまう

病み古りてみにくきわれも来て並ぶ外人登録証の写真撮るべく

ひたぶるに眼科に通い癒えざりし視力にて仰ぐ桜は白し

母たちを帰国せしめて東京に父はのこれりライわれのため

一人にても強く生きゆかん戻り来し手紙を焼きて雪道に出づ

われに初めて君より点字の手紙来ぬ二日かかりて舌で読み了る

点訳のわが朝鮮の民族史今日も舌先のほてるまで読みぬ

韓国にクーデター起りしこの宵は朝鮮語学校早じまいしぬ

序にかえて

無窮花とはいかなる花か朝鮮の国花と聞けばわれは知りたし

植毛せし眉毛ようやくわが顔になじみて遠く旅立たんとす

亡き父が今祭られしこの丘にうから集いて熱き粥すする

盲いわれ耳を澄ませば今は亡き母が砧打つ音聞こゆなり

指紋押す指の無ければ外国人登録証にわが指紋なし

初夏の日のやわらかく照る公園に手を取り合うも五十年ぶりか

わが祖国韓国にては野に山に自生の白トラジ盛りの頃か

序

栗生楽泉園名誉園長　小林茂信

当園にて療養中の金夏日《キムハイル》氏が『点字と共に』を出版されることになった。氏は既に昭和四十六年に歌集『無窮花《ムグンファ》』、六十一年には第二歌集『黄土』を出版した歌人である。鹿児島寿蔵氏はその序歌に、

群馬県草津栗生楽泉園の高原に人あり朝鮮国歌人金夏日君

と詠んだ。

氏は大正十五年生まれで、昭和十四年、少年時代家族と共に渡日し、製菓会社に勤めていたが十六年にハンセン病を発病した。一時、全生園に強制収容されたが、後に退園し家計を助けていた。

二十一年に病状の悪化を見、当園に入った。

病状は進行し遂に二十四年には失明した。この年よりスルフォン系治らい薬が在園者全員に使用されるようになったが、アメリカで昭和十八年にプロミンの治らい効果を発表していた。戦争による学術交流の途絶は、病者にその恩恵を浴させる機会をなくさせるという不幸をもたらした。

ハンセン病は、らい菌による慢性伝染病で、神経や皮膚を主としておかす病で、治療開始時期のおそい場合は色々の後遺症が残る。氏も失明の上、手指の運動麻痺と共に、第二の目である皮膚知覚も麻痺してしまった。

その上、他国の療養所で、生活習慣、言語の違う者たちの中で共同生活を送るわけであるから多くの困難に遭遇された。

そのような中で、氏は二十四年より日本の伝統的文学形式である短歌により自己表現をすることを決意し鹿児島先生に師事した。なお其の上、二十七年には勉学の為、点字を知覚の残った舌で読む努力をはじめた。極限状態を耐えて生きてきた者の強みと、このような努力もあって、両歌集は大層よい評判を得た。

六十二年には、当園の在日韓国人・朝鮮人の生活記録『トラジの詩《うた》』が発刊された。これは氏の主唱でまとめられたもので、これまた大反響があった。これが今回の出版の遠因になっているのかもしれない。

生まれ育った家庭の習慣や故郷の風土、民族の歴史、伝統等は個人の生活の根拠であり、よって立つ根っこである。その根っこの一つである先祖伝来の名前を排し、創氏改名を日本は朝鮮統治時代にしたことがある。その結果、戦後も氏は「金山光雄」を名乗っていた。療養所内で日本人病者との共同生活にその方がよいと思っていたのであろうが、一面、パンチョッパリの思いに氏は悩まされていたに違いあるまい。韓国の国花である『無窮花』と題する第一歌集を出すに及び、氏は日本人とも朝鮮人ともつかぬ中途半端なパンチョッパリから抜け出すために、本名の金夏日に戻った。

療養所内では国籍の区別なく処遇は同じであった。これは一面、風習の違うものには苦痛をともなったことであろう。外国では宗教の違いにより食習慣も異なるので、食事、食堂まで別個にしているところがある。我が国の療養所は等しからざるを憂える方式であったので格差はなかった。ただ貧困な処遇に在園者は一致団結して改善を要求した。

それが国民年金法が施行され、外国人は法の適用外になった為、経済的格差を生じてきた。これは其の後、自用費として年金非受給者にも年金と同額を別途支給することにより解決し、更に年金法の改正で外国人も受給の道が講ぜられ解決した。氏はこの問題にも一致して運動にとりくんだ。

氏にとり祖国の統一は悲願である。『無窮花』の批評の中には、北朝鮮を称え、また南朝鮮を支持した歌があって、著者は一体どちら側に立って歌を詠んでいるのか判然としない、思想がないと云う者があったと聞いている。氏にとっては北も祖国、南も祖国なので思想以前の問題である。

ハンセン病治癒者の退園問題についても氏は興味深いエピソードを紹介している。これは、らい予防法改正運動とも関連する問題であろう。

治らい薬の使用により多くの退園者が出たが、その中には、盲人もいて自活の道を講じていた。しかし金氏の障害度は菌陰性化後も不自由者棟の生活を強いられていた。彼は短歌や宗教や同胞を通じ社会交流をしていた。これは、部分的な社会復帰で、或る時は父君の遺骨を故国に埋葬する旅や、国内の社会見学の旅に出たりしていた。その中で、氏に対する大阪の同胞で自立している身体障害者の話は、強烈な印象を氏に与えたようである。

「夏日さん、私ね……中略……みなさんの話を伺っていて、何かひっこみ思案で、考え方も消極的な感じを受けました。たとえばその一例として社会復帰の希望はと聞きましたら、病気が治っても帰る所がないので、一生、療養所の中で暮らすのだと言います。それでは、病気が治っても一生療養者として終わってしまうのではないですか」

とK女史に氏は問われている。

氏はそれに対し「現在療養所に残っているほとんどが重度の身体障害者で、在園者の平均年齢も五十九歳（当時）と言われています。社会復帰ができたとしても、ハンセン病を病んで顔や手足の後遺症の著しい私たちには、周囲の人たちの冷たい偏見におそらく耐えていかれないと思います」と答えている。

これに対し、K女史は「そういう偏見があればこそみなさんが社会に出て、その厚い偏見の壁を打ち破るべきではないでしょうか。……中略……私は夏日さんたちが意気地無しだと思います。私の手足に触れてごらんなさい」と。

その手足は枯れた細い棒きれに触れた感じで足はグニャグニャして垂れ下がっており、手の指は真っすぐに伸びてはいたが麻痺していて、自由に折り曲がりができないようであった。
こういう人が世の偏見の中で自活しているのに、氏は激しく心をゆすぶられたことであろう。（本書第六章「初夏の日に」を参照）
一方、氏のように他国で発病し、障害をもちながら生きてきた軌跡を、短歌や文章に表現することが、悩める者に生きる力を与えていることも事実である。さらに一歩進めてより多くの人に氏の生きてきた姿を知ってもらおうと出版に協力する方々もでてきた。私はそれらの援助者に敬意を表し、また不自由者棟で看護介護する多くの職員にも感謝するものである。（了）

目次

序にかえて

目　次

目　次

第一章　流れつつ

流れつつ

どういうわけか、本家の従兄弟たちと分家の私たち三人兄弟の名前には「夏」の字が入っていた。いとこ兄妹夏業《ハウビ》、夏烈《ハヨリ》、私の長兄夏澤《ハテギ》、次兄夏哲《ハチュリ》、夏日《ハイル》である。

父は私が生まれると間もなく、母と幼い私たち三人兄弟を残して日本に渡った。長兄は本家にひき取られ、次兄も親戚の家にひき取られた。家には乳飲み子の私だけが母に抱かれていた。母が畑仕事に出る時には、本家の祖母に私を預けた。腹をすかして泣くと、祖母は私をおぶって畑にいる母の乳を飲ませに行き、仕事が一段落つくと、母は祖母の所に乳を飲ませに走ってくる。こんなことがしばらく続いた。乳離れをしてからも、母が働きに出ている間、祖母に預けられた。離乳後の食事だったかどうかわからないが、匙の中の白いご飯に魚をほぐしたのをのせて、祖母が食べさせてくれたのを覚えている。白い壷の中から蜂蜜を箸にからめてなめさせてくれたことも忘れられない。

呼ばれて祖母の部屋に行くと、

「ご飯食べな」

ったから、
と言って、焼肉の入った器とご飯の器を戸棚から出してくれた。めったにありつけない焼肉だ
「ワーイ」
と歓声をあげて肉をほうばった。従兄弟たちが来ないうちにとご飯も大急ぎでかきこんだ。お
いしかった。おいしいおかずがあった時は、必ずご飯とおかずを取っておいて私を呼んでくれ
た。唇が荒れていると、唇に蜂蜜を塗ってくれた祖母。遠く幼かった頃をふりかえってみると、
やはり私はおばあちゃん子だったなあとしみじみ思う。そんなことから、本家の従兄弟たちと
幼い時から一緒に遊んだ。

強い印象に残る六歳頃のことを書いてみよう。

夏烈は私より一つ年下であったが、身体が大きく、目も口も大きかった。夏烈とは違い、私
は身体は小さく、顔も小造りで目も口も小さかった。眉毛は濃かったが細くて女形である。私
は男の子でありながら、女の子のような性格であり、夏烈は女の子でありながら男の子のよう
な性格であった。それでありながら、二人は親戚中の子どもらの中で一番の仲良しだったので
ある。

あれは隣村にお使いに行く途中のことだった。道ですれ違う男の子たちから、
「デブ、カバ口、目デッカチ」
などと大きな声ではやされた。勝ち気な彼女は、
「何を！」

と叫んで男の子たちへ突進して行く。彼女に加勢して私も彼らに突っこんでいく。こっちは二人、向こうは大勢だ。襲ってきた一人に一発ぶちかました。たわいなくすっ飛んだ。はやしてたさきほどの勢いはどこへやら、やっつけられて、さっと散って逃げた。「女の子に甘い」の「男の子のできそこない」のと、逃げながら悪態をつく。小石を投げながら追いかけた。ケンカの時でも遊びの時でも、よく小石を投げた。それ以来、私たちに可愛い子分どもがにわかに増えた。夏烈が女ガキ大将、私はさしずめ彼女の護衛といったところだったろうか。

本家は私の家の近くにあり、夏烈は子分どもをひき連れて毎日のように私の家にやってきた。野外で遊ぶことが多かった。野原に出て跳んだり、はねたり、野いちごを摘んで食べたり、桑畑に入って黒く熟れた桑の実を摘んで食べた。口の周りが紫になるほど、桑の実を食べた。さまざまな虫を捕らえてきては、虫と虫とをケンカさせて遊んだ。頭に角のようなハサミのついた蝉ほどの虫、何という名前だったか忘れたが、あの虫が一番強かった。庭での遊びでは畳一畳ほどの線をひき、ジャンケンで勝った者が線の角の所から、内側にいっぱい広げた親指と中指を当てて扇形に線をひく。線の角が四つあるから、一チームが四人であったろうか。ジャンケンで自分の領地を多く取った者が勝ちである。チョキを出すと見せて相手の意表をつき、パーを出すなどのジャンケンの遊びがおもしろかった。

木登りをして木から落ちたり、屋根に上って屋根から落ちたり、そのつど親をはらはらさせた。着ている服を物にひっかけて破いたり、泥だらけにして戻った時には、母からこっぴどく叱られた。叱られただけではなく家の中にも入れてもらえなかったのである。反抗期にさしかかっていた私は、門柱近くの地べたに座りこんで、隣中に聞こえるような大きな声で泣きわめいた。そんな私を母は台所で仕事しながら全然ふり向いてもくれない。あきらめて私は泣きながら本家の祖母の所へかけこんだ。

「あーあどうしたんだ。チョゴリは破れているし、パジは泥だらけになって。これではオンマが怒るのは無理がないや。家に連れて行ってやるからオンマに謝りな」

祖母の言うことは素直に聞いた。祖母に伴われて家に行くと、母は干した物を取りこんでいるところだった。

「オンマごめんなさい。今後気をつけるから」

かたわらの祖母も、

「許してあげて」

と言ってくれた。

「こっちへおいで」

と言って、母は私を庭の莚の上に呼んだ。盥にぬるま湯を満たしてから、チョゴリを脱がせパジも脱がせ、真っ裸にすると盥の中に私を入れ、頭からお湯をかけて、石鹸をつけ頭も腕も足も洗ってくれた。お湯から上げてきれいに拭き取ると、持ってきた肌着とパジ、チョゴリを着せてくれた。

「夏日こっちを向いてごらん。おお、きれいになった」

祖母はこう言ってにこにこしながら帰って行った。末っ子だからといって、決して母は私を

甘やかさなかった。一方本家では、

「おてんばで不細工な娘《こ》。顔も見たくない、出て行け」

と、夏烈が棒を持った母に追いかけられているのを何度も見た。

あんなおてんばでも、不細工とか、口が大きいとか、目でっかちなど言われるのが、やはりすごく気になるらしかった。ある日、母親の鏡台の前にちょこんと座り、鏡に映った自分の顔をじっとにらみ続けた。やがて、大きな目を細めてみたり、いっぱいに開いてみたり、口をギュッと結んでみたり、大きく開いて、自分のゲンコツを口に突っこむような格好をする。

「口が大きいなら目だけでも小さけりゃいいのに、黒い毛虫が止まったような太い眉毛、この子嫌い」

そう言うと、りんごのようなほっぺをいきなり両手でパチパチ叩いた。そこへ何かの用事で母親が部屋に入ろうとして、夏烈のその様子を見た。あまりに真剣な様子なので、部屋には入らず、そのままそっとひきかえしたというのである。その時、私はその場にはいなかったが、ずっと後になって叔母が話してくれて知った。このことが親戚中に広がり、親戚の者が本家に集まる時には、必ず夏烈のことが話題に上る。そこには私のこともひき合いに出された。夏烈に劣らぬ暴れん坊だったからだ。わざと夏烈と私を一緒に座らせて、私を夏烈と呼び、夏烈を夏日と呼ぶのである。

「違うよ」

と私たちが怒ると、

「夏日が女の子かと思った。夏烈はどう見ても男の子みたいだなあ」
と夏烈をからかう。

本家も私の家も共に農家であり、農作業は共同でやっていた。広い畑のかたすみに私の家があり、春には燕たちが家にやってきて、軒下に巣を作り、卵を産み、雛をかえしていた。オンドル式の小さな家で藁葺き屋根であった。屋根には赤い唐辛子、赤い棗の実が干されていた。家の裏隣には個人経営の漢文学校があり、畑のもう一画には日本の小学校（普通学校）があった。当時朝鮮は日本の植民地であったので、八歳になる村の子たちは、みんなこの小学校に入学した。毎日の登校時には、家の横の道を通学児童がはしゃぎながら通るのがにぎやかだった。下校途中、いとこの夏業は私の家に立ち寄ってくれ、妹がいると私と一緒に遊んで妹を連れて帰る時もあり、時には学校で学んだ教科書を広げて、豆、鳩、蓑、唐傘の絵を見せてくれたりした。この日本の小学校には、日本人教師が主であったが、朝鮮人教師も何人かいた。

私は学齢期になっても、家が貧しかったために学校に通うことができず、家の横をはしゃいで通学する児童たちを見て、どんなにかうらやましかったことか。父がいたら私もあのように通学できたのにと、日本に渡った父を恨んだものである。

五、六歳の夏烈と私の仕事は使い走りをしたり、牛舎から牛をひき出して、川向こうの牧場へ連れて行くことぐらいである。二人で一頭ずつ牛をひいて村前の川を渡り、農道を通って山裾の牧場に連れて行った。牧草の柔らかく茂った牧場に牛を放ち、私たちは近くの沢に下りて行き、沢蟹を取ったり、水浴びをしたりして遊ぶのである。牧場に着いた時には雲一つなく晴れていたのに、午後になってにわかに雨雲が広がり、たちまちどしゃ降りの雨が降ってきた。急いで沢をかけ上り、牧場の大きな朴の木の下にたどり着いた。牧場の奥の方に行っていた牛も、私たちのいる木の下に走ってきた。雨が小止みになるまで、牛二頭と私たちは木の下で雨宿りである。雨が止んだので牛をひいて帰途につく。村前の川近くにきたら、濁流がごうごうと唸りを上げながら流れていた。かなり高い水かさのようだ。川の向こうでは私たちを案じて祖母や母たちが迎えに出てきていた。

「夏日、夏烈、牛の尻尾をつかんでぶら下がれ」

と叫び、牛には渡ってくるようにしきりに合図を送っている。夏烈と私はそれぞれ牛の尻尾を両手でしがみつくようにぶら下がった。川向こうから、

「手を離すんじゃないぞ。しっかりつかまっているんだぞ」

と、大声で私たちを励ます。牛ははすかいに流れながら向こう岸に泳ぎついた。渡り着くまで牛の尻尾から手を離すまいと必死にがんばった。岸に着くまではほんのわずかの時間であったろうが、私にはごうごうと唸る川の流れの恐ろしさで、ずいぶん長かったように思った。無事に岸にたどり着いて、迎えにきてくれた祖母や母たちが抱きかかえてくれた時には、助かったという喜びでいっぱいであった。

あれから五十余年過ぎた今でも、遠いふるさとの大きな川の流れが、ありありと脳裏に浮かんでくる。

（「高原」一九八八年十二月号）

越える

次兄が何年ぶりかで家に帰ってきた。これからはずっと一緒に暮らすのだという。当時十歳の私は、

「わぁーい、うれしい」

と跳び上がって喜んだ。二人の兄がいながら、幼い頃から兄たちと一緒に暮らした記憶がほとんどない。それだけに、兄が家に帰ってきたことがすごくうれしかった。

兄は叔父の家から家出して、何年もの間行方不明になっていたが、山向こうの隣村にいることがわかり、母が迎えに行って兄を連れて帰ってきたのである。

「オンマが悪かった。幼いお前を叔父さんの家に預けたのが悪かった。辛かっただろうね……。お前が牧草刈りに出たまま家に戻らないと連絡を受けた時には、狼にさらわれたのかとびっくりしたよ。草刈りに行ったという山にお前を探しに親戚の者も大勢入ってくれたけど、何かに襲われた形跡もないし、結局、お前は見つからなかった。それで友だちに夏哲《ハチュリ》を見かけなかったかい、と聞いたら、牧草を刈って途中まで一緒に帰ってきたと話してくれてね。急いで叔父

さんの家に行ってみたら、夏哲専用の背負い籠があり、籠にはお前が刈りこんだ牧草がいっぱい入っていた。草刈鎌もそこに入っていた。草の状態でお前がいなくなった時間も大体つかむことができた。叔父さんの判断もあり、夏哲は家出してしまったんだと思って、あれ以来オンマはお前を案じて毎日涙にくれたんだよ」

「オンマ、俺はもうどこへも行きたくない。どんなに辛くてひもじいことがあっても辛抱するから、どこにもやらないで」

「ごめんね。許しておくれ。これからはどんなことがあってもお前を手放さない。夏哲！」

と言って、母は兄を抱き寄せて泣いた。

兄も私も母にすがりついて泣いた。声を上げて泣いた。私はすすり上げながら、

「オンマ、本家にいる大きい兄ちゃんも連れてきて」

と母に頼んでいた。

「早く帰してくれるように本家に頼んでみようね。でも、夏日こんな貧乏暮らしじゃ、みんな飢え死んじゃうよ。オンマが一生懸命働いてきっと大きい兄ちゃんも帰れるようにするから。夏哲兄ちゃんも帰ってきたんだからもうしばらく辛抱してちょうだい。お前まで辛い思いさせてごめんね」

母は私をかき抱いていた。

夏哲兄が、

「オンマだけが悪いんじゃない。アボジが私たちを置き去りにして日本に渡ったのが悪いんだ」

と言い、またひとしお声を高くした三人の泣き声が土間に響いていた。

どんな事情があったか知らないけれど、父は多額の借金までして日本に渡り、残された私たちを貧乏のどん底に陥れた。田畑の大部分が借金の形に取られた。幼い私たち三人の子どもを抱えた母はなすすべもなく途方にくれ、沼に飛びこんで死んでしまおうかと思った。死ねない、死んでしまったら残されたこの子らが可哀相。どんな困難も乗り越えて、この子らのために強く生き抜いてゆかなければ、と気を取り直した。

母は、残されたわずかばかりの田畑を耕しながら、地主の家から仕事をもらって働いた。一日働いて手間賃代りにもらった少しの米と雑穀を持ち帰り、私たちを養ってくれた。仕事の合間をぬっては家に走り、乳飲み子の私に乳を飲ませた。時には長兄が私をおぶって母の仕事場に行き、乳を飲ませた。家では、長兄が小さな私たちの面倒を見てくれた。腹がすいたら食べるようにと、母は手作りの蒸し団子や握り飯を兄に預けて毎日仕事に出かけていた。

そんなある日、

「幼い子どもたちを家に置き去りにして一日中働きに出ているなんて無茶だよ、子どもらが可哀相だよ」

と親戚の者が母を非難した。

「仕事をやめてどうしろと言うんですか。私が働いて米や雑穀を持って帰らなかったら、この子らが飢えて死んでしまいます」

母の思いがけない剣幕に親戚の者はしばしたじろいだ。

「それじゃ、私たちが子どもが少し大きくなるまで預かって面倒を見ることにする。そうでないと子どもらがあまりにも可哀相だよ」

家の状態がこの申し出を母に受けさせた。

さっそく長兄（九歳）は本家にひき取られ、次兄（五歳）は分家の叔父の家にひき取られた。乳飲み子だった私は昼間だけ本家の祖母に預けられ、母は仕事が終わると祖母の部屋に立ち寄って私を家に連れて帰っていた。

母の手元に置かれた私は、学齢期に達しても学校にも行けず、わずかに残っていた畑を作っていた。手間賃仕事に精を出す母の代りであった。もちろん牛を飼うことなどできなかったので、牛の糞や犬の糞を人より早く探しに走って拾い集めた。集めた糞は、屑藁や自分で刈り取ってきた草を混ぜて堆肥を作り、せっせと畑に運んでいた。またあかぎれの絶えない手で草むしりに精を出す小さな農夫になっていた。

遠くに日雇いに出かけている母の帰りが遅くなる時には、暗い家で物置にネズミが走るのにもおびえながら、教えられていた通りにご飯やおかずの用意をすることもあった。かまどにくべた薪の燃えさかる炎は異様に赤かった。

兄たちは正月と秋夕《チュス》（盆）に暇をもらって家に帰ってきていた。その間家の用事をすることもあったが、兄たちにまとわりつく私に、コマ、凧、板に太い針金を一本裏に張りつけたスケート板を作ってくれた。水田に厚く張った氷の上で兄たちと一緒にコマを回したり、スケートをつけて滑ったり、丘の上で凧を上げて遊んだ。兄たちとの楽しい日が終わって、兄たちが本家や叔父の家に戻って行く別れが辛かった。

「兄ちゃん、行かないで」

と私は、兄の腕にぶら下がって泣き叫んだり、履き物を隠したりして困らせた。時には、チョゴリの裾をつかんで本家に戻る兄にくっついて行った。本家の門まで行ってかけ戻ったこともある。しかし、そのまま本家の門をくぐると、一歩中に入ったとたんに兄は本家の奉公人になり、私を突き放してふりかえりもせず作業場に走っていく。私は、

「夏烈、遊ぼう」

と叫んで祖母の部屋に向かって走って行った。

兄は叔父の家をこっそり抜け出てきて、母に不満を訴えることがあった。そのつど母はもう少しだからがんばってくれ、と兄たちをなだめて帰すのだった。もう少し、もう少しと言って家にひき取ってくれない母にも、兄は怒声を発していた。

兄は家出した経緯《いきさつ》を話し続けた。


やっかいな荷物を扱うようにことあるごとに辛く当たられ、自分より年下の者からも乱暴な言葉でこき使われた。学校にも行かせてもらえず、叔父の家でただ働きをしている私は、この家の奉公人でも雇い人でもないようだ。怒鳴られながら、なぜこの家で働かなければならないのか深い疑問を感じた。食べさせてもらうだけならばこの家にいることさえ無意味に思えた。そして、とうとう耐えがたい屈辱を味わってきた叔父の家を飛び出した。

以前オンマに連れて行ってもらったあの村に飛んだ。夕方の薄暗くなった山道は恐かったけれど、一気にかけぬけた。その村に行って何をするという当てもなかった。オンマの実家に寄れば一晩くらいは泊めてくれたであろうが、翌日にはウムスル村に連絡が行き、たちまち連れ戻されてしまうと思い、できるだけイモ（母の妹）の家から遠く離れた暮らしの良さそうな家を探した。

母屋と別棟のある大きな家に飛びこんだ。

「お願いします」

と大きな声で叫んだ。家の奥から、この家の主人らしい五十歳くらいの男の人が出てきて、

「何か用かい」

と尋ねられた。とっさに言葉が出ず、もじもじしていると、

「まあこっちに入れや」

と言って作業場らしい広い板の間に通された。

「どなたかのお使いかい」

再度言葉をかけられたので、

「いいえ、そうじゃありません。隣村から家出をしてきたんです。できればお家に雇っていただきたいのです」

とお願いした。その後、家出をしてきた事情を主人に話した。主人は私の話を最後まで黙って聞いてくれた。

　私のしゃべったことに対し、「そうか」と言った後、

「坊やお腹がすいただろう、膳を運ばせるからご飯でも食べて今夜はここに泊まりなさい。ただ君がいなくなったことでお母さんが一番心配しておられるだろう、お母さんのことはよく考えておいた方がいい。君の依頼は私もよく考えておこう」

　そう言って主人は出て行った。

　少しして別室に呼ばれた。主人の奥さんらしい人が膳の上にご飯の器やおかずの器を並べている。

「坊や、お腹がすいたでしょう。たいしたご馳走もないけど、たくさん食べてね」

と優しく言葉をかけて部屋を出て行った。ご飯に鰊、大根とモヤシの煮物、味噌汁、キムチなどのおかずがあり、お腹がすいていたので、お膳に盛ってあった物一つ残らず全部いただいた。満腹になった私は、そのまま寝転がり、仰向いて目をつぶった。母の姿が目に映る。いなくなった私の名を叫びながら村中をかけ回っている悲しい顔であった。いつしか、ごろ寝のまま深い眠りに落ちた。

　目を覚ましてみると、私の胸のあたりまで薄い夏布団がかけてある。家出少年をきづかって夜中に主人がかけてくれたのであろうか、うれしかった。

「おはよう」

　主人が私に声をかけて部屋に入ってきた。

「ゆうべは眠れたかい」

「はい、ぐっすり眠れました。布団までかけていただきまして、ありがとうございました」

「風邪をひいたらいけないからね。どうだね、よく考えたかい」

「はい、やっぱりウムスル村には帰りたくありません。どんな仕事でもしますからお家で雇ってください」

「そうか、実は家族に君のことを話したら、ちょうど人手も足らないことだし君を雇い入れよう、ということになってね。さあ顔を洗ってさっそく庭掃きでもしてくれや」

オンマには居所を知らせず、元気に働いていることだけは知らせておこうということになった。庭掃きから始まり、牛の世話、かます編みの仕事を手伝うことになった。

仕事にもだんだん慣れ、みなさんにも可愛がられつつ楽しく立ち働いて、いつしかこの家にきて三年を経過していた。


そのうち、兄がその家で働いていることを同じ村に住むイモの家の者が知り、母に連絡を取った。母は飛び上がらんばかりに喜び、取る物も取り敢えず迎えに走った。

「迎えにきたのが叔父だったら絶対に戻らなかった。オンマが迎えにきてくれたから家に帰ってきたんだ」

家出した経緯の全てを聞いた母は、

「お前たちにはずいぶん苦労をかけてしまって、本当にすまなかったねえ。お腹すいたろう、夕飯の支度にかからなくちゃ」

と言って足早に台所に入って行った。

　母の後ろ姿を追っていた兄は、私を見て、

「夏日、かますを編む仕事を始めようと思うけどお前は手伝ってくれるか」

と言った。

「うん、いいよ。喜んで手伝うよ」

「辛いこともあるだろうけど、現金収入の仕事だからがんばってやろうな」

　そう言ってすくっと立ち上がる兄を頼もしく思った。

　母が夕食の膳を持って入ってきた。

「今夜は夏哲兄さんが帰ってきたことを祝って赤飯を炊いたんだ。たくさん食べておくれ」

　赤飯と鮭の焼き物、ワカメの味噌汁、キムチが膳にのっていた。本家から長兄も帰ってきて、久しぶりに家族そろった祝いの食事になった。「ありがとう、いただきます」お礼を述べていっぱい食べた。おいしかった。

（「高原」一九八九年五月号）

かます編み

「夏日とも相談したんだけれど、夏日とかます編みを始めたいと思うんだ。かます編みは隣村にいた時にやっていたから、機械さえ取りつければすぐ仕事に取りかかれます。機械は隣村で世話になった主人の所からもらってきたお金で買います。機械を取りつけてもいいですか」

　食事の後、兄は母に尋ねた。

「いいとも、お前がかます編みの技術を持って仕事を始めるなら、オンマは大賛成だよ。生活してゆく上でもずいぶん助かるし、大いにやってくれ」

　翌日、夏哲兄は隣村で世話になった主人の所へ走った。かます編みを始める相談をするためだった。

　主人は、

「それはいいことだ、協力するからやってみなさい。機械は私の方で買って家に取りつけて上げよう」

と言ってくれた。さっそく機械が私の家に取りつけられた。

機械は角材四本を高さ二メートル、幅一・六メートルに組み、立てられた左右二本の角材を分厚い足台にはめこんだ物である。そして、上部、下部の角材で作られた横木からそれぞれ三十センチ内側に、丸太が回転できるように垂直に差しこまれている。これが機械の大枠である。そのほか、付属の道具が二つある。一つは、長さ一メートル、厚さ四センチ、幅三十センチの「たたき」と呼ばれる板である。たたきには、ジグザグに直径一センチほどの穴が数ミリ間隔で約八十あいている。この穴には機織りの縦糸に相当する上下の丸太に巻かれた細縄が通る。もう一つ、大竹を割って長さ一・二メートル、厚さ四ミリ、幅三センチほどに削って作った竹棒がある。名前があったかどうか記憶にない。それには先端から一、二センチの所にカギ形の溝が切ってあり、溝に藁の先を曲げてひっかけ、丸太に巻いた細縄の間を押し入れたり、ひっぱったりするのである。藁が横糸に相当する。

編みこみは、細縄をたたきの穴を通して丸太にピンと巻きつけ、水平状態にあるたたきを後向きに傾け、交差した細縄の間に横糸の藁の穂先部分が中央で重なるように押し入れ、ひっぱりこむ。そして、たたきを上の方から丸太に落とし、藁を叩き締める。これをくりかえしていくらか編み上げると、丸太の回転を固定してあるレバーをゆるめ、編み上がった部分を下から後に回し、再びレバーで丸太の回転を止め、作業を続けて行くのである。重いたたきで横糸の藁を叩き、藁の先を折りこんで縁作りをするのも兄がした。私はもっぱら藁を一本ずつ押しやったり、ひっぱりこんだりする仕事を受け持っていた。

かます編みは夜なべ仕事であった。村にはまだ電灯が入っていない時代である。

薄暗きランプの下に眠き眼をこすりこすりつつかます編みにき

同じ動作をくりかえす単調な作業であり、夜がしだいに更けてゆくにしたがって、容赦なく睡魔が襲ってくる。竹棒を機械に突っこんだままついこっくりし、チャキンという音と兄の怒鳴り声にびっくりして眼が覚めた。我にかえって機械の方を見たら、たたきの下に薄く平たい竹棒がいくつにも割れていた。たたきを兄が持ち上げてくれたので、割れた竹棒をひき抜いた。

「仕事にならん」

と兄が言った。眠気がどこかにすっとんだ。私の頬には冷たい涙が流れてくる。兄は涙する私を見て叱らなかった。兄も隣村でかます編みをしていた時、こっくりをして先輩に叱られたことがあったに違いない。そうした自分を思い出して、あえて私を叱らなかったのだと思う。

そばで針仕事をしていた母も仕事をやめて黙って私たちの寝床を延べてくれた。母がもし私にいたわりの言葉をかけてくれたなら、ワーッと声をあげて、母に泣いて抱きついていたであろう。母は私たちの心を察して、黙って布団を敷いてくれたのだ。

かます編みを始めよう、と兄が私に相談をかけた時、

「辛い時もあるだろうが、がんばってやっていこうな」

と言った。それが眠くなって辛いよ、という意味だったことが、今になってわかった。いくら眠っても眠りたらない年頃である。十一歳の私にとって、夜なべ仕事は何よりも辛いことであ

った。

翌日、新しい平たい竹の棒を作って、また夜なべのかます編みに励んだ。

機械がすえられた後、隣村の主人が天津桃を背負い籠いっぱい持ってきて、

「これを売ってかますを編むための藁を買う資金にあてなさい」

と置いていってくれた。

「売れるようだったら、このつぎから元金だけもらえればいいから、儲けは資金として使いなさい」

とまで言ってくれた。村の知り合いがこの天津桃の趣旨を村人に話して、買ってあげるように呼びかけてくれた。村では天津桃が珍しいということもあって、持ってきてくれた天津桃はたちまち売れてしまい、主人に連絡すると、また持ってきてくれた。この桃の売上が、私たちのかます編みをする運転資金として大きな助けになった。

大きい笊に盛り上げた薄紅の熟した桃から、甘い匂いがプンプン漂ってくる。手に取ってかぶりつきたい衝動にかられたが、一個でも多く売らなくてはと思い、食べるのを我慢した。それでも、傷ついて売れ残った桃は、けっこう食べられた。包丁を入れると、熟しきった桃から種が飛び出て、種のあったまわりが赤い色をしていた。口に入れると、豊かな香りと果汁が口中に広がり、甘酸っぱくてとてもおいしかった。

かますは簡単な作業で編むことができた。しかし、昼間は農作業があり、夜なべ仕事で編み上げるとなると、一日一枚半が一生懸命であった。しかも、編み上げた後、かますの縁とじの

作業が残っていた。縁とじがていねいにできていないと、市場に出しても検査官にはねられてしまうのである。はねられてしまうと、一銭にもならないのであるから、自然縁とじ作業にも手がかかったのである。その上、検査官の品質検査で「秀」をもらうため、編み上げた後、けば立った表面を丸めた藁でこすって取り除いたものである。片膝ついた姿勢で力を入れるため、すれていつの間にかパジの膝がぬけてしまう。

こうして、懸命に編んだかますを一週間おきに開かれる市場に持ちこんだ。市場は、急な峠を一つ越え、八キロメートル離れた日本流で言えば町に立つ。二週間で十四、五枚程度編み上げ、兄が十枚、私が五枚を背負子にくくりつけて市場に運びこむのである。風が強く吹く日には、峠の上で背負子のかますが風を受け、かますもろとも吹き飛ばされたこともあった。

市場に持ちこんだかますは、日本人の検査官によってできばえの良し悪しを決められた。できばえの良いのは、「秀」と彫られた大きなハンコで、かますの表面に赤紫で押された。少し品質が落ちると見なされた物には、「可」の字が押されていた。秀が一枚十銭、可が五銭であった。うまくいけば、一円五十銭の現金が手に入った。現金を手にした兄は、昼飯を食うため私を連れて一軒の豆腐屋に行った。そこで豆腐を一丁、冬場は湯豆腐一丁を買い、ニンニク唐がらしが入ったヤンニョムというタレをつけて食べることが多かった。市が立っているのだから、付近にはいい匂いをさせている飯屋がたくさん並んであったが、そうした飯屋の前はいつも通り過ぎていた。兄も私も一銭の金が惜しいと思ったのである。藁代などの材料費を差しひいても、月に三円あまりの現金が手元に残り、これが、わが家の家計を大いに助けた。

かます編み

村には私たち以外にも機械を買い入れて、かますを編む人がかなり増えた。村の供出米が、自分たちの編んだかますにつめられて遠く日本にどんどん運ばれて行くのを、私は複雑な気持ちで見送ったものだ。

庭

韓国の農家の庭は広い。砂と粘土とを混ぜ合わせてつき固めた庭である。秋の取り入れ時には刈り取って干した稲束を庭に運び、楕円形に家の大きさほど高く高く積み上げていく。大きな脱穀機をすえつけて脱穀するのも庭である。夏の夜なべ仕事も庭でした。長兄が近所の友だちを誘って、わが家の庭で毎晩にぎやかに夜なべ仕事をしていた。冬は屋内のマルという板の間で縄ないや竹籠作りなどをする。庭での仕事は庭に敷く大きな筵編みである。編み上げた筵は脱穀した穀物を干すのに使うのである。このほか、米二十俵ほども入る藁や縄を使っての大きな米倉も編み上げるのである。一仕事して腹が減ると、川向こうの西瓜畑に西瓜を買いに走る。西瓜畑の一画に見張り小屋があって、二階には二人の見張り人がつめていて一階は西瓜即売所になっていた。

西瓜畑はやや傾斜していて広い。見張りのわずかなすきに、西瓜を盗み出すガキどもがいた。十一、二歳ぐらいのいたずらざかりの男の子たちが盗むのである。いわゆる肝だめしである。どの村にもいたずらずきなガキどもの群れが一つぐらいある。私もそのいたずら仲間の一人で

あった。ジャンケンをして負けた者が西瓜畑へ忍びこむのであった。運悪く見つかると、見張り小屋から、

「コラー！」

と大きなカミナリ声が飛んでくる。もいだ小さな西瓜を投げ出していちもくさんに逃げる。

「待てぇー」

と怒鳴りながら追いかけてくる。大股で走ってくる番人をあっちこっちひきまわして逃げ得た時の快感、こうしたスリルを味わうのが当時の私たちにとって大きな楽しみの一つであった。

　話が脇にそれてしまったが、買ってきた西瓜は飯台にのせて真っぷたつに切られる。西瓜は熟して真っ赤である。赤い果肉にぽつんぽつん黒い西瓜の種が光っている。二つに割った西瓜をさらにいくつかに切って、皮の方を下にして飯台の上に並べられる。部屋でかますを編んでいた次兄と私も庭に呼ばれた。飯台に並んでいる西瓜を見て、私はワーイと歓声を上げた。次兄と私に大きく切った西瓜の一切れを手に持たせてくれる。両手で持った西瓜にかぶりついた。豊かな甘い果汁が口いっぱいに広がり、喉の奥に注がれていく。畑で熟した西瓜のおいしさは格別であった。

　庭のかたすみに大きなポプラの木が一本あり、裏庭では棗の木や杏の木もあって、夏から秋にかけて紅や黄色の実が豊かに実っていた。庭も広いが、庭先には本家の広い畑が広がっていた。畑にはさまざまな穀物が植わっている。風通しが良く夏は涼しいので、夜なべ仕事を近所の人たちがわが家の庭ですることが多かった。大きな甕にキムチを漬けるのも庭でした。長兄

の結婚式も庭でした。

長兄は本家の農夫頭として立ち働いていた。まじめによく働く模範的な青年として、親戚の誰かが兄に嫁を世話した。山向こうの隣村から兄は嫁を迎えた。

母と本家の約束で、伯父の長男夏業《ハウビ》が高等科を卒業したら、長兄をかえしてくれることになっていた。夏業がこの春卒業した。長兄は家に帰ってきて結婚した。十年間本家に働いた報酬として田圃三反歩を兄に与え、米三俵が結婚祝いとして本家から届いた。

結婚式は村のしきたりにしたがって、私たちの家で盛大に行われた。庭には天幕を張り、その下に大きな筵を敷き、筵の上には結婚式用の花ござを敷きつめるのである。その上には大きなテーブルが置かれ、テーブルの上には大きな花瓶に挿された松竹がある。この松竹は赤・白・黄色の刺繡糸で飾られていて、高さは一メートルほどの物であった。松竹をはさんで左右には鶏の雄と雌が向き合って座っている。鶏の胴体は花柄のきれいな布で包まれており、足は紐で軽く結ばれていた。このつがいの鶏は前に置かれた皿の米をついばんでは、時おり首を上げてあたりを見回していた。新郎新婦はそのテーブルを前に左右に立ち、向かい合って礼を交わす。この礼を交わす作法は日本のそれとは違って、付き人が新郎側、新婦側にそれぞれ二人ずつ付き、司会者が式文を読み上げると、それに従って付き人が新郎新婦に手を添えて、礼を交わす助けをするのである。まず正座し、片膝を立て、礼を交わさせる。次は立ってする礼である。肘を内側に折って、両腕を胸に重ねての礼、同じ形で両腕を額に重ねての礼などがある。新婦はひきずるような裾の長い衣装をつけているので、立ったり座ったりの礼をするたびに、付き添いの人が手を添えてあげるのである。付き人が酒を満たした盃を持っていき、新郎が杯を一口飲んで、受け皿の半分に切って伏せてあった栗を、切り口の方を上に起こして盃をかえす。その盃を付き人が持たせて一口飲ませる。新婦も受け皿の栗を起こして盃をかえす。こうして三三九度を交わして、結婚式の儀式が終わるのである。式場に車座になっている人々の前には、前日から準備された豪華な料理が盛られた膳が運ばれ、酒が付けられてもてなされるのである。新郎新婦は来賓者一人一人の前に進み、挨拶をして祝福の言葉を受けるのであった。

披露宴の席上で、

「長年本家の農夫頭としてまじめによく働いた」

と、兄に対する賞賛の言葉が友人たちから次々述べられていた。

子どもの私はテント外で跳んだりはねたり、いろいろなゲームをして遊んだ。集まっているのは親戚の子どもたちである。さんざん遊んで喉が渇くと接待の小母さんたちの所へ走り、甘酒を飲ましてもらう。庭の一画に大きな甕がすえてあって、傍らにテーブルがあり、テーブルの上には朱塗りのおわんがたくさん重ねてある。大人たちは甕の甘酒を柄杓で汲んで、おわんに移して飲んでいた。子どもの私たちが行くと接待の小母さんが甘酒をおわんに入れて、欲しいだけいっぱい飲ませてくれた。集まっている子どもたちにも、お菓子や餅とか干し柿の入った袋を持たせてくれた。婚礼と披露宴は午前十時頃から午後三時頃まで続いていた。

お客さんたちがひき上げていって、テントの取りはずしが始まっていた。あとかたづけの邪魔になるので、親戚の子どもたちもそれぞれの家に帰って行き、私も家の中へかけこんだ。

わが家は畑の隅に建つ小さな家である。六畳一間、八畳一間、そして部屋と部屋の間にマルという六畳程度の板の間があり、奥には先祖を祀る祭壇があった。家の西側には台所、東側にはオンドルの部屋に焚く竈窯が一つあった。兄夫婦の部屋は六畳の間が与えられ、次兄と私と母が八畳の間を使うことになっていた。

マル側の開き戸を細目にあけて部屋の中をのぞくと、六畳の正面に兄嫁一人だけがきちんと正座していた。私を見つけて、入ってくるように手招きをしたので部屋に入っていくと、私の手を取って横に座らせてくれた。おしろいの匂いがほんのり漂っている。優しい声で、

「お名前は何と言うの」

とか、

「何歳ですか」

とか聞かれた。

「名前は夏日、十一歳です」

と答えた。角隠しの冠ははずしてあったが、衣装は婚礼の時着ていたままの婚礼衣装をつけていた。衣装もきれいだったが、化粧している顔も美しかった。こんなきれいな人がずっとわが家にいてくれるのかと思うとすごくうれしかった。庭では式場のあとかたづけで、母や兄たちはバタバタと忙しく走りまわっていた。

（「高原」一九九〇年三月号）

渡日前夜

長兄の友だちはその後も夜なべの仕事を持って、毎晩わが家にやってきていた。次兄と私もやはり、かます編みの夜なべ仕事を続けた。夜なべ仕事は眠くて辛かったけれど、半面、ムㇰ（韓国そば）というおいしい夜食が食べられたのと、夜なべ仕事にきている兄の友だちが、いろいろな本を読んでくれるので、大きな楽しみがあった。民話集とか、何々物語といった少年向きの読み物である。読んでもらった本で深く記憶に残っているのは、捕獲器にかかった虎の話や、罠にかかったキジの話である。虎の物語は、虎鋏に挟まった虎を助けてやったら、そのお礼に虎から多くの食物や宝物が届いたという話である。キジの物語は、人間が地面にキジの捕獲器を埋め、捕獲器から糸に結んだ豆だけを地面に出してあるのを雄のキジが見つけ、食べようとする。雌のキジは、その豆は人間の悪者どもがしかけた罠に違いない。その豆を食べないように、と必死にひき止める。しかし、雄は、昨夜の夢見が良かった。きっと今日この豆に出会うことを知らせてくれたものだ、と言って、雌の止めるのも聞かずに豆をついばみ、捕獲器に挟まってしまう。雌は捕獲器を足でひっかいたり、くちばしでつっついたり、くわえてひっぱったり懸命である。

「豆を食べないようにあれほどひき止めたのに、あなたは私の言うことを聞かなかったから、こんなことになってしまったのよ」

雌は雄の羽をつっつきながら、しきりに嘆いている。

「悪かった。お前の言うことを聞いて豆に触れなかったら、こんなことにならなかった」

雄が雌に哀願するかのようにわびている。こうして、雄が罠にかかって息をひき取るまで、雌が雄に話しかけて嘆いたり、励ましたりするといった、キジのつがいの愛情物語であった。

本家の長男が学校を終え、長兄はわが家に帰ってきた。本家に少年時代から預けられていた長兄には、これまで本家につくしてきた報酬として、田三反歩がおくられたことは前にも書いた。次兄と私がかます編みをして得た金で、田を一反歩購入した。もともとあった田一反歩と合わせて、田五反、畑二枚となり、昼間は農作業、夜はかます編みで懸命に働いた。現金収入を含めれば、村でも生活は中ぐらいには達していたであろうか。

母は兄嫁に家の仕事をまかせ、村人に頼まれた機織りの仕事に出向いて、忙しく立ち働いていた。細く均質に木綿糸をつむぎ、反物を織りあげる母の腕は村一番で、他の村からも頼まれて機織りに出向いて行くことが多かった。

母は生活に追われながらも、日本に渡ったまま消息の途絶えている父を、ずっと気にかけていた。日本から帰郷した人があると聞けば、いくら遠い村でも私の手をひいて、いそいそとその家を訪ねて行った。そこで父についてわずかな手がかりでも聞けた時は、うれしそうであった。でも何も聞けなかった時は、不満をこぼしながら私の手を強く握ってひきかえした。

こうして家族五人で生活を送っていたある日、日本から紙幣の入った現金封筒がまいこんできた。父からの手紙であった。文盲の母は、同封されていた手紙を隣の漢文学校の先生の所に持って行き、読んでもらった。そちらの警察に渡航申請書を送ったから、警察署に行って渡日証明書をもらい、家族全員で日本に渡ってくるように、と書かれてあった。

母は夕食の時、父の手紙のことを兄たちに話して意見を求めた。兄は、

「今になって何だ。十何年も消息を断ち、私たちを置き去りにしといて、私たちが一人前に成長したら日本に渡ってこいなんて身勝手すぎる。大きな借金を私たちに背負わせ、さんざん苦しめといて、これまで仕送り一つしなかった父親なんか父親の資格ないよ。返事出すなら、私たちには父親はいない、私たちを育ててくれた母しかいない、日本には行かないと書いてください」

と、激しい口調で母に言った。

長兄はやりかけた仕事があるからと言って出て行き、次兄は、

「夏日、藁打ちをしよう」

と言って、庭に私を誘い出した。兄嫁は食事後の食器を抱えて台所へ走る。母は父からきた手紙を握りしめて、祖母に相談するのか本家に急いだ。

翌日、警察から呼び出しがあり、母の代わりに長兄が警察署に出向いた。父からの渡航申請書は、内容が不十分で渡日証明書は出せないという話である。

警察署から帰ってきた長兄は、腹が立ってしかたがないという様子で、

「父はあいかわらずいいかげんだ」

と激しく怒りをこめて母に報告した。申請書の不備に加え、警察署で係の不在で待たされていた間、署の裏で薪割りをさせられたことも加わっていたから、よけい兄は腹が立ったのであろう。

「むだ足をさせてすまなかったね。ご苦労さん」

と、申しわけなさそうに言った母は、手紙を持って漢文学校の先生を訪ねて、父への返事を書いてもらってきた。もちろん、兄たちの意見も、渡航申請書の不備のことも書き添えて送った。父が、私たちを日本へ呼び寄せようと思い立ったのは、私が足を病んでいることを聞き及び、私を案じてのことだそうだ。

あれは、秋の取り入れの時の出来事だった。私の右足の踵に大きなあかぎれができていて、踏むたびにチクチクと痛みが走る。忙しい収穫期であったから足の痛みをがまんして、刈り取った稲を背負子に付けて家に運んできた。そのうちに体がガタガタふるえ、激しい悪寒に襲われた。稲を背負ったまま畦道に倒れた。

「夏日、どうしたんだ」

長兄がそう叫びながら走ってきた。そこまでは覚えていた。

気が付いてみたら、家の布団の上に寝かされていた。高い発熱があったという。漢方医がきて、足の傷の手当をしてくれていた。足ははれ上がり、熱があって熱い。兄は田に戻っていた

が母がそばにいて、水で絞ったタオルを足に乗せて冷やしてくれていた。コンロの火に乗せた薬缶の煎じ薬がたぎっている。

こうした騒ぎの所へ、日本に渡っていた父の友だちが私の所へ立ち寄ってくれた。十日間の日程で帰国したこの人は、父から帰国したら私の家に立ち寄り、家族の生活の様子を見てきてくれるように依頼されて、立ち寄ったとのことである。そして、父の友人が故郷での用事を済ませ日本へ戻り、私の家に立ち寄って見たありのままを父に伝えた。

父は友人からの報告で、私が足を病んでいたことを知り、急きょ、私たちを日本へ呼び寄せることになったのである。

母から父へ手紙を出して一ヵ月ほどして、父から再度手紙が届いた。今度送った渡航申請書は確実な物だから、警察署に行ってみるように。子どもたちの気持ちもこの前の手紙でよくわかった。お前と幼い子どもたちを置き去りにして、十何年もの間消息を絶っていた点では、父親としての資格はないかもしれない。借金したことも、消息を絶ったことも、それはそれなりの理由があってのことだったんだ。子どもたちが日本にきたら、それらの点を話せばわかってくれると思う。お前にもいろいろ苦労をかけたが、子どもたちを何とか説得して日本にきて欲しい、と結んであった。

再び警察から呼び出しがあり、行ってみると、渡日することができる確実な渡日証明書を渡された。たちまち村には、私たち一家が渡日するらしいという噂が広まり、これまで聞いたこともない父の借金取りが押しかけてきた。

「日本に行くのなら、お前らの父に貸した借金を返せ」

ある日突然、隣村の男がきてそう怒鳴った。

「私たちには父が借金したことを聞いたこともないし、借金したという証拠はどこにもありません。身に覚えのない要求には応じるつもりはありません。帰ってください」

こうきっぱりつっぱねた。

「お前らが借金を返さないのなら、裁判にかけて財産を差し押さえる。お前たちの渡日を徹底的に妨害してやる」

そう捨てゼリフを残して、借金取りの男は去って行った。

このことを聞きつけた本家の叔父が、私たちに次のような指示を与えてくれた。

「彼らが書類を持ってきて、判子を押すように要求されても、絶対に判子を押してはならぬ。書類を受け取ってもいけない。相手が裁判を起こしても、こっちが受けて立たなければ裁判は成立しない。居留守を使って子どもたちを出して、母親は応対しない方がよい」

叔父が言ったように、翌日郵便配達夫が書類を出して、判子を押すよう求めた。

「勝手に作られた書類に、印鑑を押すわけにはいきません。今後こんな書類なんか持ってこないでください」

そう母が言うと、郵便配達夫は、

「職務上、依頼された物を持ってくるだけですから」

こうぼそぼそと言って、去って行った。

翌日もその翌日も、その郵便配達夫が書類を出して、印鑑を押してくれと要求してくる。母は最初の日に郵便配達夫に会っただけで、その次からは次兄が応対に出た。

「お母さんは」

と郵便配達夫が聞けば、兄は、

「母は今、家にいません」

と答える。すると郵便配達夫は、

「お母さんは何時頃帰ってくるのか」

とまた聞いてくる。

「夕方です」

と兄が答えると、

「じゃあ夕方またくるから、印鑑を押してくれるようにお母さんに伝えてください」

と言って、郵便配達夫は帰って行く。こういったぐあいに、郵便配達夫は毎日書類を持ってわが家にきた。

何回目かの時であった。郵便配達夫が応対に出た兄に、

「お母さんは」

と聞き、兄はいつものように、

「母は今、家にいません」

と答えた。すると、いきなり兄に往復ビンタが飛んだ。

「子どものくせにお前は俺を馬鹿にするのか。お母さんから俺がきたらいないと言えと言われているんだろう、嘘をついていることはちゃんとわかっているんだ。小さいくせに出しゃばりやがって生意気だ」

郵便配達夫は顔を真っ赤にして、兄をにらみつけて怒鳴っている。私は兄と少し離れた所に立って、恐さに体を震わせながら、なりゆきを見守っていた。再度郵便配達夫が兄に殴りかかったら、私は郵便配達夫に飛びついてかみつこうと思っていた。兄は往復ビンタを受けて大きくよろめいたけれど、郵便配達夫の男をギュッとにらみかえして立っていた。兄は泣かなかった。郵便配達夫は兄をもう一度にらみつけて、書類の入った白い封筒を庭に投げつけて去って行き、それ以来、郵便配達夫はわが家にあらわれなかった。

「正式の渡日証明書を手にした以上、お父さんが夏日の足を日本で治そうと言っているのだから、日本へ行こう」

と母が兄たちに言った。あんなに父に反発していた兄たちが、母の意見に同意し、私たち家族五人は日本に行くことになった。

私たちの渡日を、借金取りらが妨害するのを懸念して、田畑、家の処分は本家に預けることにした。そして、とりあえずの費用を工面した私たち家族五人は、一九三九年二月九日の夜に村を出た。渡日を阻止する妨害は何もなかった。冬の夜風はさすがに肌を刺して冷たい。空は晴れていて、いくつかの星がキラキラと明るくまたたいていた。

第二章　君子さん

父

韓国から父を訪ねて私たち一家五人が東京にきたのは、一九三九年（昭和十四）二月であった。雪が降っていた。父との連絡が取れなかったのか、東京駅には誰も迎えにきていなかった。幸い同じ汽車を降りた同胞の一人が、困っている私たちを見て駅前のタクシーを呼び、私たちを乗せて自分も乗りこんだ。

兄が差し出した父の住所を示すと、運転手はうなずいて、

「わかりました」

と言い、発車させたのは夜半過ぎであったろうか。父の家に着いたのは夜明け方であった。夜中の運転だったためか、多額のタクシー料金を取られた（後で父に聞くと、市内ならどこでも五十銭だという。しきりにその運転手と同胞の人を非難するのだが、あんな親切な人のことを悪し様に言う父が間違っているなどと思った）。

タクシーは私たちを降ろすと、案内してくれた同胞の人を乗せて去って行った。父が八畳ほどの部屋に私たちを迎え入れた。

「この家は友人の家だが、私たちが住む家を探す間この部屋を借りたんだ。狭いだろうけれど辛抱してくれ」

と言った。そこで兄たちが、

「私たちを日本へ呼び寄せながら、自分たちが住む家も準備してくれなかったのですか。こんな狭い部屋で私たち五人にどのようにして寝ろと言うのですか。あまりにもむちゃです」

これまで韓国に置き去りにされた悔しさもあって、さっそく兄たちは父にむかって不満をぶつけた。私たちと父との間に立って母はオロオロしながら兄たちをなだめた。

父はこの家の人たちに対するきがねもあり、怒りにふるえながらもじっと耐えていた。それでも私たちを近くにある銭湯へ連れて行き、長い旅の疲れと体の垢をお湯で洗い流してくれた。


東京に着いたのは、故国の村を出て五日目であった。飛行機なら二時間で着く今とは違い、当時は関釜連絡船と汽車による渡航であった。渡航証明書にある写真を撮るために写真館のある街へ行って一泊した。自分を写した写真を初めて見た。小さなあどけない顔であった。この街から汽車に乗って翌日の朝、釜山に着いた。終着駅である。汽車という物に初めて乗った。釜山港は朝鮮の玄関口と言われているだけあって、これまでに見たことがない多くの外国人にも出会った。大きな鉄筋コンクリート建ての建物もそっちこっちに見かける。乗船手続きをするまでにはまだかなりの時間があり、食堂に入る。故国での食事はこれが最後になるかもしれぬと言って、食事代をはずんでご飯とプルコギ（焼き肉）をとって朝食を済ませた。ビルのような大きな建物の中に入り、乗船の手続きを始める。ここで渡航証明書に私たちの写真が貼られ、係官の判子が押される。桟橋から乗船の段階でも係官が立っていて、渡航証明書を再度検査して船内へ通される。これで出国の手続きはすべて終わった。母と次兄は船酔いで、ひどく苦しんで何度も吐いていた。少年の私は船酔いをすることもなく船内でよく眠り、目が覚めると甲板に出て海をながめた。すでに夜であった。漁をする船であろうか、行き交う船の明かりが点々と赤く輝いていて美しかった。

日本の下関に着いたのは翌日の朝二時頃であったろうか。周囲は真っ暗であった。二階の待合い室に案内された。船酔いをした母と次兄は待合い室でぐったりして体を横たえた。船内ではしゃいでいた少年の私も、待合い室に着いた時は、さすがに疲れていた。まだ船にいるような感じで体が揺れている。ここではお湯を少し飲んだだけで、気分が悪くて食事はまったく取れなかった。明るく夜が明け始めた頃、汽車に乗って父が待つ東京へ向けて走る。東京に着いたのは翌日の朝一時頃であったろうか。まる四日間の旅であった。

私の体はずいぶん垢で汚れていたのだろう。父は末っ子の私を石鹸を付けたタオルで頭から足の先までこすって洗ってくれた。力まかせに腕や足が赤くなるまでこすられたので痛かったけれど、がまんして体をまかせていた。桶の湯を頭からかけられた時には全身がヒリヒリするのを感じた。湯舟が深いので、背の小さい私を抱いて湯舟に入れてくれた。父の肌にじかに触れたのはこれが初めてであった。父の肌の温かみが私の心に深くしみた。

朝食の食卓をみんなで囲んだ。父を交えた食事も私にとってはこれが初めてであった。兄たちも食事の時には、さきほどの不満はすでに消え、これから生活していく上での不安を父にあれこれと尋ねた。

父は、

「住む家は借りてあるのだが、家族六人が住むには狭すぎて、もう少し広く、暮らしよい家がないものかと今探している。すでに借りてある家は三畳間一つと六畳間一つ、それに台所とトイレがあるだけの小さな家なんでね。それでお前たちがよければすぐにでもその家に移ってもよい。それぞれの職場や学校はいつでも受け入れる態勢なんだ」

と答えていた。

朝食が済んで、父は私たち三人兄弟を連れて衣服店に行き、それぞれの体に合わせて洋服を一着ずつ買ってくれた。私には小学生用の黒の制服、靴下、ズック、肌着、カッターシャツなどひとそろい買って持たせてくれた。買い物袋を下げて店を出ると父は、通りかかったタクシーを止めて私たちを乗せ、自分も乗りこんだ。市内見物をさせてくれるというわけである。広いアスファルト道路を走り、車窓から見える東京市内は何階建てかのビルがあり、さまざまな商店がびっしり並んで、見る物すべてが珍しく美しいなと思った。

父は父なりに日本へ呼び寄せた私たちに気を使ってくれた。父は古物商をしていて、会社の事務所の小さな部屋で寝泊まりをしていた。会社の庭には屑鉄が山ほど積み上げてあり、屋根の低い小屋には古雑誌や古新聞、ボロ布などがぎっしりつまっていた。父の顔は日焼けして黒く、いかにもがんこ親父といった感じの人であったが、私たちを迎えて気苦労を重ねたためか突然、四十度近くの高熱を出して病床に臥せってしまった。

日本にきて西も東もわからない私たちは、父が病気になってしまうとどうしていいのか、ただうろたえるばかりであった。高熱に喘いでいた父は、

「梨が食べたいから梨を買ってきてくれ」

と言った。次兄と私ががま口を握って店に走った。しかし、梨が店先に並ぶ時期でないためか、店に梨は見当たらない。第一、梨を日本語で何と言うのかも知らなかった。店頭に並んでいる物なら指を指して、

「これをください」

と言って買うのだが、見当たらないのでしかたなく家に戻った。高熱の父には言い出せず、家主のおばさんに、

「店に梨がなかった」

と言ったら、

「そんなことはない、店にあるはずだ。時期の物でないから紙に包んでおいてあるんだ。もう一度店に行って、梨をくださいと言ってごらん」

と教えてくれた。なるほど言われた通り、

「梨をください」

と言うと、店の人が紙にくるんだ梨を渡してくれた。旬の物ではないだけに、梨はびっくりす

るほど値段が高かった。でも何個か買って、病床の父に持って行ってむいてあげると、手に持って、

「おいしい、おいしい」

と言って喜んで食べてくれた。次兄と私は、梨を丸かじりにしている父を見てうれしかった。

父を見舞った後はいつも、兄と私は会社からアスファルトの坂道に通じる路地のすみにかがみ、その道を上り下りするさまざまな形や色をした自動車に見とれていた。なぜか私たちは、走り去る自動車が吐き出す排気ガスの臭いが好きだった。歩道の並木が芽吹いて、緑が美しかった。

父の部屋に戻ると漢方医の往診があり、煎じた漢方薬の独特の臭いがプンと鼻をついた。母と長兄夫婦はもっぱら父の看病に当たっていた。わけても母は父の部屋に泊まりこんでの看病であった。水枕を取り替えたり漢方薬を煎じるやら、着替えさせた後の肌着を洗濯するやら、粥を炊いて父に食べさせたり等々、母と兄嫁は狭い部屋を入れかわり立ちかわりして病床の父の世話に当たっていた。家族の懸命な看病と漢方薬服用の効果があってぐんぐん熱が下がり、食事も取れるようになって、父はやっと普通の健康状態に回復した。

大病みした後、父は会社を後輩に譲り道路工事の請負師になった。長兄は請負師の父の下でさっそく道路工夫として働いた。この年、渋谷区から父が中野区に予約しておいた借家に、家族全員で引越した。

私の足裏のあかぎれは、日本にきて土いじりをしなくなっていつの間にかきれいに治ったの

だが、故郷でけがをして変形した小指を、外科病院で整形手術を受けて治してもらった。整形手術を受けた右足の小指は、あるかなしかに小さく縮んでいたのだが、それでも治療して治った私の足を、父はなでさすりながら、

「よかった、よかった」

と喜んでくれた。父は私が生まれて間もなく日本に渡った。まだ見ぬ父にどんなに会いたいと思ったことか。今は父親の愛情にも触れることができ、言葉の不自由な中にも幸せを感じた。

（「高原」一九九〇年七月号）

ススメとスズメ

言葉がわからなくては何もできないので、父の許しを得て日本語を習うため、本町尋常小学校という夜学校に通った。近所に住むある人が、

「学校で日本語を学んでいても、家の者と朝鮮語で話をしていては、正しい日本語の発音はできない。日本には、『可愛い子には旅をさせよ』という諺がある。夏日には可哀相だが、本人の将来のためにも家から離して働かせた方がよい」

と両親に話したことがある。その人の紹介で、学校の近くにあった旭製菓株式会社へ住みこみで勤めることにした。住みこみで働きながら学校に通うのは何かと困難がともなったが、私は通学を続けた。


授業は午後七時から九時までの二時間であり、ここへ通ってくる生徒は年齢もまちまちで、私のように日本語を学ぶ同胞も幾人かいたが、大半は日本の人であった。中には六十歳を過ぎたおばあさんもいて、聖書を読みたいための勉強ということだった。私は学校の勉強の他に、このクリスチャンのおばあさんから聖書に関わるいろいろの話を聞くことができるので、通学

は何よりの楽しみであった。

故国では家が貧しかったため、義務教育を受ける機会さえ失ってしまっていた。それだけに、校長先生からひとそろいの小学一年生の教科書を渡され、それを手にした時には、ワーイと歓声を上げたのである。

「サイタ、サイタ、サクラガサイタ」

と、先生について読み方の本を大きな声を出して読んだ。周囲の上級生たちはクスクス笑っている。一般に朝鮮人は濁音の発音が悪く、私も濁音が苦手であった。例えば、先生から「スズメ」と教えられても、私には「ススメ」としか言えず、その度に他の生徒たちが笑い出すといった具合いである。先生が黒板に白墨で雀の絵を描いた横に「スズメ」と片仮名で書き、兵隊さんが行進する所の絵を描いて、「ススメ」と同じく片仮名で書いて、

「これがススメであり、小鳥の方がスズメである」

と、先生は黒板の雀の絵を指しながら、改めて私に発音させた。それでも「ススメ」と私が発音するので、上級生は再び大爆笑であった。

夜学で学んだ日本語を、会社で実際に使って生かしていった。発音の悪い所は会社の人たちが直してくれる。例をあげると、「食パン」を私が言うと「ソッパン」になってしまうので、「ショクパン」と片仮名で書かせたり、「ショクパン、ショクパン」と何度も発音させて、正しい発音に直してくれた。心の優しい人ばかりであった。食パン部に配置されていたので、ショクパンという言葉を一番最初に覚えた。

生活習慣が朝鮮とはまったく異なる会社にあって、仕事に慣れるまではいろいろ大変であった。中でも食事の作法が朝鮮とは違っていて、まずそれから習わなければならなかった。朝鮮では大きい器に盛ったご飯と汁とおかずをテーブルに置いて、キムチなどのおかずは箸を使い、ご飯と汁は匙を使ってすくって食べるのであるが、会社の食堂では小さなご飯茶わんを手に持って、一口食べてはテーブルに置き、味噌汁のお椀も手に持ってすすってはテーブルにかえすのであった。ご飯茶わんを持ったままテーブルのおわんの汁をすすると、

「ご飯は逃げないから、ご飯茶わんをおいて味噌汁をすすれ」

と注意される。何よりもおかずが口に合わなくて困った。切りイカの佃煮、鰹の角煮、煮豆などの甘く味つけをした佃煮類は、何としても食べられなかった。

「こんな甘いおかずいらない」

と言ったら、

「金坊、こういう物を食べないと大きくなれないよ」

と、先輩から叱られる始末である。ご飯のおかずで食べられるのは、焼いた塩鮭とかの魚類だけであった。すきやきだとかひき肉の入ったじゃが芋の煮物もあったが、いずれも砂糖で甘く味付けをしてあるのでいただけない。カレーライスだけはおいしくて、私の大好物の一つであった。

会社では私が一番年下であったので、みんなから可愛がられた。わけても毎日同じ職場で並んで仕事をする君子さんは、実の弟のように優しく面倒を見てくれた。時には学校で学ぶ勉強

までも手助けしてくれた。ハンカチや手ぬぐい、小さな肌着ぐらいは、会社の洗面所で手洗いしてくれた。

会社の食堂で食事を済ますと、小学校の黒い制服に着替えて夜学へ急ぐ。制服の他に、会社の慰安旅行や映画、芝居、泳ぎに行く時に着る洋服も何着か持っていた。私の着る物はたいがい、君子さんが伊勢丹のデパートで選んで買ってくれた。クリーム色のシャツ、ネズミ色がかった空色の半ズボン、当時流行していたズボン吊りも買った。特にズボン吊りは大好きで、それに付いている金具のエンジ色や黄色が気に入っていた。君子さんとデパートで買ったシャツや服を着て、得意のズボン吊りを付けて、映画や泳ぎに行くのが楽しみだった。君子さんは可愛がるだけではなく、時には厳しく、時には優しく指導してくれた。

こうして懸命に仕事を覚え、言葉を覚え、発音も磨かれていった。

あれから、五十年あまりの年月が流れた。チュッチュッチュッと庭で雀が鳴いている。雀の声を聞きながら、「ススメ」としか言えず、いやと言うほど発音練習をさせられた渡日した頃を、懐かしく思い出している。

（「高嶺」一九八九年五月号）

ラムネ

渡日して二年目の春であったろうか。一度だけ夜学を無断で休んだことがある。それは会社の同僚に誘われて映画を観に行った夜であった。

いつもなら会社の食堂で夕食を済ますと、教科書の包を持って学校へ急ぐのであるが、今夜は違う。学校へ行く時間には君子さんと二人で、会社近くの映画館にきていた。館内の柱時計を見たら七時五分前である。あと五分で夜学が始まる。この時になって学校を休んで映画を観にきたことがしきりに悔やまれる。自責の念で胸が痛んだ。――今映画館を飛び出せば少し遅刻しただけで学校へ行ける。君子さんに断って飛び出そうか。どう言いだそうか。「学校へ行く」いきなりこう言って飛び出したら、彼女きっとびっくりするだろうな――そう思うと君子さんを裏切って飛び出すことはできない。どうしよう、刻一刻と時間は過ぎていく。無意識のうちに立ったり座ったり、足を忙しくバタつかせていた。さっきから少女雑誌を読んでいた君子さんが、

「金坊どうしたの、立ったり座ったり足バタつかせたりして、便所に行きたいのかい」

「いや便所なんか行きたくない」

「じゃどうしたのよ」

おそらく半ば泣きべそをかいていたのであろう。

「何だか元気がないわね」

心配そうに君子さんは私の顔をのぞきこんだ。

「あはん、わかった。学校休んで映画を観にきたことを悔やんでいるのでしょう。そのことなら大丈夫。学校には会社から今夜仕事の都合で休みますと連絡しておいたから。何かあったら私がすべて責任を持つからまかしとき、だから元気を出しなさい、金坊は男の子でしょう」

そう言って私の肩をポンと叩いた。私は授業を休むと学校に連絡してあったことで、ひとまずほっとした。その時チリリリーンと上映開始のベルが鳴り、明かりが消えた。

正面の白い大きなスクリーンに、十七歳くらいのスマートな西洋風の少年が映った。少年の右横に縦書きで「ターザン」と片仮名の四文字が映し出された。当時少年少女の間で爆発的な人気を呼んだ洋画「ターザン」である。評判の高い洋画「ターザン」を、君子さんは私にも見せて喜ばせたかったのであろう。学校の方に嘘の報告までして、私を映画に誘い出してくれた君子さんの好意がうれしかった。画面が変わるたびに仮名文字も同時に映し出されるが、日本語文字を学び始めて一年そこそこの私には、スクリーンに映る仮名文字を半分も読み進まないうちに、画面が変わってしまう。難解な所は君子さんが解説してくれるので、大体ストーリーは理解できた。木の蔓を使って木から木を飛び移り、襲いかかってくる豹などの猛獣をもののみごとに体をかわして自由自在にあやつる、少年冒険物語である。

映画は二本立てだったが、一本の上映が終わると明かりがつき、三十分くらいの休憩があった。君子さんは、

「金坊、ここでこのまま待っていてね、あそこの売店で飲物を買ってくるから」

と言って走って行き、まもなく二つの飲物の瓶と、袋入りのピーナッツを買って戻ってきた。席に着くと、まず飲物の瓶の一つの栓を押し落とし、自分で一口飲んでから、

「これはラムネと言ってサイダーに似たような物だけれど、サイダーよりも上品でとてもおいしいわよ、飲んでごらん」

と言って、もう一つの瓶の栓を落として私に手渡した。瓶からシューと吹き出すのを一口飲みこんだとたんむせた。

「いきなり飲みこんじゃうからよ」

と笑いながら、咳こむ私の背中を君子さんがさすってくれた。咳こんで濡れた手や口のまわりを、君子さんは自分のハンカチを出してていねいに拭いてくれた。

「金坊、大きくなったら私を嫁さんにもらってくれるかい」

「うん、いいよ」

無邪気に明るく答えたのも、映画館であったからだろうか。私は今度はむせないように小量ずつ口に含んで飲みこんだ。飲んだ後、喉の奥に春風がすーっと吹きすぎるような、何とも言えぬさわやかさとかすかな甘さが残った。空になった水色のラムネの瓶は、上から三センチほ

ど下がった所が細く窪んでいて、さきほど指で押し落としたビー玉がそこで止まっていた。なぜビー玉がここに入っているのかも、少年の私には不思議に思えた。瓶を振るとカラン、カランと音をさせて転がるビー玉は、電燈の明かりに照らされて水色に輝いて、とてもきれいに見えた。ピーナッツをかみながら映画館で飲んだラムネは、君子さんが言ったように上品で舌ざわりが柔らかく、サイダーよりもずっとおいしかった。

二本目の映画はどういう題名だったか、どんな内容だったかもまったく記憶にない。覚えているのは、一本目の映画の主人公ターザンが「アッァアッァアッァー」と妙な甲高い声を張り上げていたことと、ラムネのことだけである。あの時のラムネの味が忘れられず、今でも時々ラムネを買ってきて飲むのだが、時代の移り変わりと共に、ラムネの瓶がプラスチック製の物に変わってきた。草津町では従来の瓶のラムネを買おうとしてもなかなか手に入らない。伊香保近くまで行けばあるというので、看護助手さんに頼んで昔の瓶のラムネを、三本か五本ずつ買ってきてもらっている。人間還暦を迎えたらだんだん子どもに帰ると言われているが、私もいつしか昔を懐かしむ老いの境地に入ったのかと、しみじみ感じる今日この頃である。

（「高嶺」一九八七年九月号）

母

日曜日は会社が休みだったので、引越したばかりの家に帰った。玄関から上がった所に畳三畳敷の部屋があり、奥に六畳敷の部屋、台所、トイレがあるだけの小さな家であった。住宅がたてこんでいて、日当たりも悪い。それでも三畳間の部屋には、ガラス戸越しに朝日がまばゆく差しこんでいた。母と兄嫁がこの部屋で刺し子と呼ばれる手仕事をしていた。父と兄たちは仕事に出ていて家にはいない。

刺し子とは、胸当てや肩当てを細かく刺して縫う針仕事のことであり、縫い上がった物は、剣道選手が身に付ける頑丈な剣道着に仕上がってゆく。昔、武将が身につけた鎧に似ていた。綿の入った薄い座布団のような物に、縦横にたくさんの線が入っており、線にそって糸を通した太い針で刺してゆく物であるが、私も肩に当てる小さい物を何枚か刺したことがある。下請けのその下請けの手仕事であり、受け取る縫い賃はわずかであったが、母たちはわずかな縫い賃稼ぎであっても大いに魅力を感じているらしく、縫い上がった物を届けて、また現物をもらってきて、懸命に毎日刺し子の仕事を続けていた。母はたまに家に帰ってきた私をそばにひきとめておく策として、刺し子の仕事を私に与えた。一枚刺し上げると十銭であり、十銭の縫い賃を私の小遣いとして持たせてくれた。でも十銭の小遣いをもらうよりも、友だちとワイワイ言って遊ぶ方が私は楽しかった。日本語が自由にしゃべれるようになると、たくさん友だちができた。

日曜日ごとに家に帰るのを知っている同じ年頃の近所の子どもたちが、玄関先で、

「ハイルちゃん遊ぼう」

と私を呼んだ。

「うん、行くよ」

と返事をして、メンコやベーゴマをポケットに突っこんで、靴を履いて家を飛び出した。家の近くに小さな空き地があって、そこでメンコ取りやベーゴマをまわしたりして遊んだ。そのほかにも、広い原っぱへ行って凧上げやキャッチボール、野球のまねごとなどして遊んだ。

朝鮮の凧は凧の真ん中に円い窓があったが、日本の凧にはなかった。私が朝鮮にいた時は、凧やコマは自分の手で作ったものだった。コマは堅い木を削って作る。凧は真竹を切ってきて小刀で割り、薄く削った物を凧の縦・横の骨にし、障子紙と糊を母からもらって作り上げるのである。自分で懸命に工夫して作った凧が、風に乗って空高く上昇してゆく喜びは格別であった。

当時、日中戦争も激しくなってきた時だったので、戦争ごっこも盛んにした。物蔭に隠れて、通行人の前にかんしゃく玉を投げてびっくりさせる悪さもさんざんした。こうしたガキどもの

仲間に入ってゲームをしたり、悪さをしたりして遊ぶのが、たまに家に帰ってくる私にとって何よりの楽しみだった。

　こうした遊びの最中に、

「ハイル、市場へ行こう」

と母が呼んだ。私は、

「市場へ行ってくる、また後でね」

と友だちに言って家にかけ戻る。母は民族服の白いチョゴリを着ていた。

　日本にきた時、兄嫁も私たち三人兄弟もみな民族服を脱ぎ捨て洋服に着替えた。しかし、母だけは、

「洋服や和服は身になじまぬ」

と言って民族服で通していた。

　家から歩いて十五分ほど行った所に市場があるが、母と手をつないで市場へ向かう途中、道の左側に広い原っぱがあって、私と同じ年頃の子どもたちが大勢遊んでいた。その子どもたちが、チョゴリを着た母と手をつないで歩いて行くのを見て、

「朝鮮人、朝鮮人子ども」

と大きな声ではやしたてた。石つぶてが飛んできた。偶然ここに通りかかった、一見して学校の先生風の背広を着た紳士が、

「石を投げて危いじゃないか」

と子どもたちを叱りつけた。注意された子どもたちはさっと散って逃げた。市場で買い物をしてその道に差しかかった時、さきほどの子どもたちがいるのではないかとびくびくしながら原っぱの方を見たら、子どもたちはもういなかった。

それ以来、母が、

「市場へ行こう」

と声をかけてくれても、

「日本の子どもたちが『朝鮮人』と言って石を投げるからやだ」

と言って、母から逃げた。

「朝鮮人だもの、朝鮮人と言われたっていいじゃないか」

母はこう言いながら私をにらみつけた。

あの時の母の悲しそうな顔を、今でもはっきり記憶している。

母は文盲であったが、民族服に対する限りない愛着を持っていた。戦争中、軍の命令でもんぺを穿くよう言われていたので、しかたなく外出する時はチマの上にもんぺを穿いた。療養中の私を訪ねてくる時も、白いチマチョゴリを着ていた。帰国するまで民族服を着続けた。母は私たちを愛したように、深く祖国を誇り、愛し続けたのであった。

母の私に対する愛情を思うと、会社の休みの日にはできるだけ母のそばにいてあげたらよかったと、今になってしみじみ思う。

（「高原」一九八九年六月号）

君子さん

　高原の赤い屋根の小さな駅であった。二人の乗車券を買って電車発着の時刻表を見たら、電車が着くにはあと一時間近くも待たねばならぬ。

「少し散歩してこよう」

　そう言って二人は待合い室を飛び出した。暑い真夏の日が照りつけていた。駅前の自動車道路をつっきり、芝生の青々とした湖の堤防をキャッキャッとはしゃぎながら登った。堤防から湖に突き出た巨大な平ったい岩の上に看護助手の川坂さんと後藤さんが、白い麦藁帽をかぶって釣りをしていた。私たちの不意なはしゃぎ声に驚いて、二人が後ろをふり向き、

「あら、金さんじゃないの、どうしたんですか、きれいな女性の人をお連れして、紹介してよ」

白状させずにはおかぬというういたずらっぽい視線を投げて迫ってくる。

「会社の友だち、君子さんです」

　これだけ言って、くるりと向きを変え、逃げるように二人で堤防をかけ降りたところで目が覚めた。胸に汗が流れていた。

私の見る夢はいつでも草津と東京がごちゃまぜなのである。朝、後藤さんが私の寮に出勤してきた。昨夜の夢のことを後藤さんに話した。

「そう、夢とはいえ意地悪して悪かったわね。今度は意地悪しないから君子さんとの楽しい夢の続きを見てね」

と後藤さんが笑いながらそう言った。

君子さんとは多摩川によく泳ぎに行っていた。川岸に並んで水泳用のパンツに穿き替える。私が君子さんより先にパンツを穿いた。

「金坊、あっちへ向いて」

君子さんはそう言って水着に着替える。

「今日の君ちゃん変なの」

ぶつぶつ不平を言いながら、あっちを向く。

「もういいわよ」

彼女の声にふり向いた。私のパンツは水色に白と黄の縦じまの入っている物だが、君子さんのは水色に赤と黄の縦じまの入った水着であった。

「君ちゃんきれいだな」

と私が言うと
「えへへ…」

と照れ笑いしながら君子さんは私によりそう。

「泳ごう」

と君子さんが言った。目の前の流れに一緒に飛びこんだ。冷たい、だがここちよい冷たさだ。浅い所が一メートルほどであったろうか。川底が見えるまでに青く澄んだきれいな流れである。手足をばたばたさせながら十メートルくらい泳いだあたりで、向きを変え最初飛びこんだ所へ泳いで戻る。二人とも泳ぎは上手ではなかったが、それでも上りの泳ぎは君子さんの方が速い。岸へ先に上がり、早くも着替えを済ませていた。遅れて泳ぎついた私は君子さんの側で濡れたパンツを取り、悠々と着替えたものである。濡れたパンツは君子さんがゴム袋に入れて持ち帰り、洗って翌日出勤の時に私のパンツを持ってきてくれた。川向こうは梨畑があり大勢の人たちが梨狩にきていてにぎやかだ。上流に渡し舟があって梨狩の人たちを運んでいる。この渡し舟は長い棒で川底を突いて漕ぐボートである。私たちもそのボートに乗って川を渡った。梨畑で買ってきた梨をボートの中で皮をむいて食べた。むいたばかりの梨はみずみずしくて、甘味も豊富でおいしかった。乗船料は往復二十銭である。こうして会社の公休日には川で君子さんと楽しく過ごした。

　少年時代のあの時のことが今でも頭のどこかに残っていて、あのように楽しい夢となったのであろう。

　私が勤めていた会社は旭製菓株式会社であった。この会社は社員が五十名ほどの小企業であった。製菓部はカステラやケーキ、羊羹を主として作る所、アンパンや菓子などを主に作る所、食パン、中華饅頭、ドーナッツを作る所、アンコだけを作る所と四部門に分かれており、私は食パン部の方に配置された。農夫から百八十度転換して、白い作業服に白いトンガリ帽子を着けた少年社員となったのである。

新入社員の私に最初に与えられた仕事は、パン焼き器を油布で拭き取ることであったが、手が滑って容器を取り落とすこともたびたびあった。前掛けや袖口は少しでも汚れていると、先輩からすぐ注意された。食品を作る職場であるだけに、手はもちろん服装など常に清潔を保っていなければならないわけである。

中華饅頭を作る材料として、毎朝四十キロあまりの玉ねぎをきざむのも私の日課だったが、玉ねぎの汁が目にしみてとても辛かった。会社では私が一番年下で常に社員たちから金坊、金坊と呼ばれて可愛がられた。夏の暑い盛り、ドーナッツを揚げたり、焼き上がったパンを窯から取り出す作業など、全身汗まみれとなり大変だったが、反面働く楽しさもまた格別なものであった。

年に一度ある会社の慰安旅行は最上の楽しみであり、ある年の日光旅行に一緒だった同じ職場の君子さんの親切は今も忘れる事ができない。中禅寺湖周辺の楓が赤く色づいていたから、日光へ行ったのは十月末か十一月の初めであったろうか。湖に映った紅葉が美しかったのと、湖水に浮かんでいる赤や白の色の入った遊覧船が日に映えて、すごくきれいだった。

エレベータで降り、滝壷の見やすい所に立った。白い水煙を上げながら、まっすぐ落ちていく勇壮な華厳の滝を、私は息をのんで見守った。深い谷の方へでっぱった巨大な平たい岩の上で、投げ皿を君子さんと並んで力いっぱいまわしながら飛ばして遊んだ。昼食は東照宮前の公園の芝生の上で食べた。食事の後、お守り札を買おうと何人かが、朱塗りの橋を渡り東照宮に向かった。私も一緒について行ったら、君子さんが二つ買い、そのうちの一つを私にくれた。その守り札は今でも私の胸の奥に大事にしまってある。左甚五郎が彫ったという眠り猫も、日光旅行で大きく印象に残る物の一つである。日光で君子さんと並んで撮った写真は、東京空襲で焼けてしまった。

彼女は私より一つ年上であったが、髪をお下げにし、いつもまぶしそうに目を細め、ちゃめっけのある可愛らしい娘だった。出勤してくると、

「金坊。これあげる」

と言って、そっとズボンのポケットに何かを忍ばせてくれる。それがキャラメルやみかんであったり、時には生きたカマキリであったりした。会社の休憩時間などには、夜学で学んでいる教科書を持ってきて文字や算術を教えてくれた。

「二たす二はいくつ」

などといった形で手短に教えられるので、それが職場ですぐ役立つことにもなった。

日中戦争も激しさを加え、原料の入荷も極度に減少してきた。こうした中で私も仕事に慣れ楽しい毎日であったが、一九四一年（昭和十六）の夏、私はハンセン病を宣告され、医師からの通報により直ちに入院することになり、あんなに親しくしていた君子さんに別れを告げる暇もなく、あわただしく東京の多磨全生園に強制収容されたのだった。

（「高原」一九七一年五月号）

かじかむ手

一月四日の仕事始めは、晴れ着を着たまま出勤した。社内の集会場に社員全員が集まり、年始の挨拶を交わして、それぞれの職場に散っていく。交わし合う言葉もはつらつとしてさわやかだ。いつもなら白一色の作業着であるが、今日は違う。色とりどりの和服あり洋服あり、わけても君子さんの赤い花柄の和服姿は美しかった。

四日の仕事始めは、年末に作っておいた菓子の袋詰めである。洋菓子部、製菓部、食パン部の各職場には十六名ずつ配置されていて、長いテーブルをはさんで向かい合う形になって作業を始める。私たちの食パン部のテーブルには玉子パン、かりんとう、乾パンなどが盛られた大きな木箱が三つ並び、袋の束、糊の入った器、炭火の入った小さな火鉢などがおかれてある。玉子パンから袋詰めを始めた。袋の口を開く者、受け取った菓子を袋に入れる者――袋には六個ずつ入れた――菓子袋の口を糊で貼り付ける者、糊の付いた部分に電気ゴテを当てて乾かす者、菓子袋を会社のマークが入った包装紙に包む者、包装した物を箱に詰める者、箱に詰めた物を倉庫に運ぶ者、こうした手順で作業が進められていく。いわゆる流れ作業である。私の受け持ちは、菓子袋の口を糊で貼り付ける作業である。右手に糊の筆を持ち、左手で菓子袋を持って、袋の口に糊を付け、小指、薬指、中指で袋を合わせて貼り付けるのである。ところが、小指と薬指がかじかんで、袋の口をうまく合わせることができない。

「手がかじかむ」

と言って、火鉢に手をかざす。ちょっと手をかざしただけで、正常に指は動いた。

「金坊の手はよくかじかむね」

と先輩が言って、火鉢を私の側へと寄せてくれた。製菓部ではビスケットを、洋菓子部ではカステラを、やはり流れ作業で袋詰めをしていた。日中戦争が日増しに激しくなっていて、これらの菓子はすべて中国の戦地に送られていた。

菓子の袋詰めは、あっという間に終了した。長いテーブルの中央に低いネットが張られ、職場対抗のピンポン試合が行われた。さきほどまで菓子の袋詰めをしていたテーブルの上に、ピンポン玉がポンポンとさわやかな音をたてて弾んでいる。君子さんと私は羽根突きをして遊んだ。わいわい騒ぎながらピンポン試合は三十分くらいで終わった。職人といわれる上役の何人かは白い作業服に着替えて、明日からの仕事準備に取りかかり、私を含む平社員は半日で会社を退社した。

会社を出ると君子さんが、

「私の家に行こう」

と言って、私を自分の家に連れて行ってくれた。君子さんは両親に、

「会社の友だちの金坊です」

と私を紹介してくれた。

「君子さんにお世話になっています。よろしくお願いします」

と私は君子さんの両親に挨拶をした。

「よくきてくれました。あなたのことは君子から聞いています。素直で良い子だって。これからも君子と仲よくしてね」

と君子さんのご両親が優しく私に言葉をかけてくれた。君子さんのお母さんがきれいなお盆に入れてくれたみかんを食べながら、会社の公休日には図書館へ行こうとか、春には上野動物園に行こうとか、夏には江ノ島へ泳ぎに行こうなどと、あれこれと楽しく計画をたてていた。そこへ、君子さんのお母さんがしるこを作って持ってきてくれた。しるこという物を初めて食べた。きめの細かい柔らかな餅が二つ入っていて、どろんとした汁を一匙すくって口に入れると、香ばしくてすごく甘くおいしかった。しるこをご馳走になって、君子さんに伴われて近くの劇場に入った。「一本刀土俵入り」を演じていた。それから会社に戻り、教科書を持って夜学校に走った。

　会社の休みには君子さんと図書館や動物園やデパートに買い物に行ったり、江ノ島に泳ぎにも行ったりして、楽しい日々を過ごしていた。そして、いつしか春が過ぎ夏を迎えた。

　夜学校でも週に一回は体育の時間があって、体育の先生がきてくれる。生徒全員が校庭に出て、体操から始まり、鉄棒による懸垂運動、跳び箱運動、挙手の礼の仕方までも教えてくれた。

そして、最後の整理体操の中の一つに、両手の指をまっすぐに伸ばして腕を上へ上げたり下ろしたりするのがあった。まっすぐ伸ばしたつもりの左手の小指と薬指が伸びない。教官が、

「金、小指と薬指をまっすぐ伸ばせ」

と私を怒鳴った。怒鳴られて直そうとするが伸びない。教官が壇上から降りて走ってきて、

「俺の言うことが聞けないのか」

と怒鳴って、私の肩を揺すった。

「跳び箱の時に指を挫いたようで、痛くて指を伸ばすことはできません」

「そうか、じゃ体操はしなくて良いから、軽くマッサージをしていなさい」

と言って、教官は元の壇上へ戻って行った。痛みも感じないのに指が曲がっている。何だか変だ。翌日、飯田橋の大学病院に行って診察を受けた。冬に左手がひどくかじかんだこと、体操の途中に指をまっすぐに伸ばせと注意されて、指が曲がっていることに気づいたことなどを、医者に正直に話した。真っ裸にされて、体のあっちこっちを筆先で撫でられながら、

「わかるか、わからないか」

と医者に聞かれた。わかる所はわかると言い、わからない所はわからないと答えた。

「よしわかった」

と言って、医者は机に向かって何かを書きつけている。その間に、脱いだ物を看護婦がすばやく私に着せてくれた。医者が私に向きなおり、

「君の病気はここでは治せないので、専門の病院を紹介するから、その病院に行って治療を受

けなさい」

と言って、一通の紹介状を持たせてくれた。医者の通報により、多磨全生園に強制収容されたことは前の稿で書いた。一九四一年（昭和十六）一月に左手指がかじかむ形で、本病（ハンセン病）の徴候があったので、一月四日がめぐってくるたびに、私は左手がかじかんで困ったことを思い出すのである。

（「高嶺」一九九〇年一月号）

再　会

世話になった人に自分の本を贈りたいのだが、その人の住所がわからない。そこで私は朝日新聞の尋ね人欄へ、松林君子さんの消息が知りたい旨の手紙を出した。新聞社から折り返し、お手紙を掲載させてもらいます、との電話連絡があり、四月十九日の新聞に記事が掲載された。尋ね人欄に載った記事を次に記しておく。『松林君子さん、昭和十四〜十六年ごろ、東京・渋谷幡ヶ谷にあった旭製菓の食パン部に勤務。六十四歳ぐらい。十四年に朝鮮から日本に来て、十六年まで同社で働いた私が特にお世話になりました。現在、私は療養中です。』とあり、私の住所と電話番号が書き添えてあった。

この日から私は、誰かがあの尋ね人欄を読んで手紙か電話をくれるのを、毎日祈る思いで待ち望んでいた。だが、手紙も電話も来ないまま一週間が過ぎた。あと三日経って連絡が来なかったら諦めようと心に決めた。十日目に、尋ね人欄を読んだ、という電話がきた。ＴＢＳテレビの『そこが知りたい』という番組の担当者からの電話であった。テレビ番組に組みたいので、新聞記事を手がかりにお尋ねの松林君子さんを捜してみます。できれば、二日間で君子さんを捜し出し、夏日さんが君子さんと出会うところから撮影して放映したいと思います、との大変有難いお話である。

早速担当者の尾崎厚子さんから電話があり、新聞記事にあった旭製菓と、夜学で学んでいた幡ヶ谷本町小学校は捜し当てることができたが、それだけで君子さんを捜すのは無理なので、君子さんの顔や特徴や、彼女の家の近くにたとえば何々郵便局があったなど、具体的にもっと詳しく話してくれと言ってきた。しかし、五十年も前のことであり、当時を振り返ってみても、私の頭にはほんの淡い記憶しか浮かんでこない。私はほとんど絶望的な気持に陥っていた。でも尾崎さんが、「渡日当時、夏日さんが住んでいた家の近くに氷川神社がありませんでしたか、桃太郎という銭湯がありませんでしたか」と次々と電話をくれるので、「氷川神社ありました。桃太郎という銭湯ありました」と答える。こうして私の記憶も一つ一つ蘇ってきたのである。尾崎さんは区役所に立ち寄り、住民登録証を調べ、一軒一軒訪ね歩き、君子さんを捜した。そして、当時住んでいた渋谷区から引っ越した中野区川島町で、旭製菓で一緒だった石井年子さん宅が見付かり、そこで松林君子さんの居所がわかり、尾崎さんが君子さん宅へ走った。

だが、私たちが出会う所からのテレビ撮影は、時間の期限が切れた。尾崎さんの二日半にわたる懸命な努力が、テレビに結びつかなかったことがどうにも残念でならない。

君子さん宅へ駆けつけた尾崎さんから電話があり、

「君子さんいましたよ。夏日さんの名前を出したら、金坊だと言ってすごく喜んでおられましたよ。電話してあげて下さい」と言って、彼女の電話番号を教えてくれたので、早速君子さんに電話をした。「金坊、元気かい」と懐かしい声が返ってくる。電話では話しきれないのでどこかで会おうということになり、私はＪＬＭ（Japan Leprosy Mission）に会場の相談をしたところ、井藤正子さんが大宮のデパートの一室を借りてくれたので、そこで会うことにした。

六月三日、十一時四十分、大宮駅西口で待ち合わせた。持っている私の白杖が目印である。「夏日さん」と私を呼びながら向うから走ってくる。君子さんだ。私たちは走り寄って抱き合った。「会いたかったよ」「会いたかったわ」あとは胸が一杯で言葉が続かない。とし子さんたちも駆けつけてくれた。握手攻めに合いたじたじである。初夏の柔らかい陽射しが心地好い。

待ち合わせた私たちを、井藤正子さんが会場へ案内してくれた。出席者は井藤正子さんを始め、君子さんを捜してくれた尾崎厚子さん、石井年子、細川孝子、それに私に付き添ってきた職員の星野和子さんと私の七人であった。尾崎さんから君子さんを捜し出すまでの経過報告があり、五十年ぶりの再会を祝してビールで乾杯したあと、続いて運ばれた昼食を頂きながら、思い思いの思い出話に花が咲いた。「君子はおしゃれだったよ、白粉や口紅をつけてさ。私も君子を真似して白粉や口紅をつけたんだよ」年子が言うと、「年子も結構おしゃれだったぞ」と私が口をはさむ。「夏日ちゃんの笑い顔、会社時代の可愛いさそのまま残っているよ」と君子が言うと、「皺を除けばね」と年子がちゃちゃを入れる。「それはお互い様」と私がやり返す。「そうよそうよ、見渡したところ似たりよったりだわ」と孝子が言うと、どっと笑いが起こる。「夏日ちゃんとは羽根突きや縄跳びをして一緒に遊んだんだよ、覚えている？」と、孝子が私の側に来て明るく話しかける。少年少女時代に立ち返っての思い出話は、いくら喋っても話は

1990年６月３日、50年ぶりに君子さんと再会（右が君子さん、後ろが石井年子さん、細川孝子さんご姉妹）

尽きない。三人の世話人たちは私たちから少し離れて、世話人同士で様々な世間話におしゃべりが弾んでいた。楽しくはしゃいで話しているうちに、会合時間二時間の約束がきてしまった。一所に集まって記念写真を撮り、大変お世話になった井藤正子さんと、君子さんを捜して下さった尾崎厚子さんにお礼を申し上げ、午後二時十五分に散会した。

（「高嶺」一九九一年一月号）

戦災の記憶

「夏日起きろ、早く早く」

　私は父に大声で起こされ頭を上げると、すぐ近くの所でもうもうたる煙と一緒に火の手が上がっていた。

「ちくしょう、ヤンキーやりあがったな」

　私はすぐ飛び起きた。米軍の空襲である。

「母さん、姉さんはもう近くの学校へ避難して行ったぞ」

と叱るように父は言いながら、家の中をかけめぐり、手当たりしだいにあれこれと家財を持ち出していた。私は自分の布団を放り出すと急いで外へ出た。

　その時私はまだ少年だった。炎の反射で赤く染まった真夜中の東京の空を、敵機の編隊がゆうゆうと飛んで行く。爆弾のさく裂する音、焼夷弾がシューッシューッと不気味な火花を散らしながら落ちてくる音、父も私も恐怖でおののきながら、窓ぎわに積んだ家財を大急ぎで防空壕に納め、壕の口に戸板をかぶせ、その上からさらに火の気が入らぬように土をかぶせた。この時私の家にも火が付き、周囲はたちまち火の海と化してしまった。庭に並べてあった火叩き、濡れ筵などの防火用具はどれ一つ手にする暇もなかった。それどころか、いざという時には消防車一台走ってこない。消防車も焼けてしまったのか。それとも彼らだけが安全な場所に潜ってのうのうとしているのかもしれない。そう思うと、

「ちくしょう、見殺しにされてたまるものか」

と体中煮えかえるような憤りがこみ上げてきた。父と私は煙と熱気にのまれて幾度も押し倒されながら、どこをどう逃げまわったのか、少し空き地になっている場所にある、横穴の防空壕に半身を入れていた。そこへも強い風に拳ほどの火の粉がひっきりなしに降ってくるので、手に持っていたスコップではねかえしはねかえし、やっと息をつくことだけはできた。着ている服に火がつくので提げてきたバケツの水をかけ合って身を守った。

すぐ目の前の道には、四方八方からどっとなだれこんだ人の山、一時でも早くその場を逃れようと、人を押し分けかき分け進んで行く。体力のない人はばたばた倒れた。

「お母ちゃん」

と叫ぶ少女の声、わが子を抱き起こそうとして、もろともおり重なったまま動けなくなってしまった親子、悲惨な地獄のような光景に、私は一瞬息をのんだ。

私の母や義姉たちもどこかでこんな目にあってはいないだろうか。救いを求める必死な叫び声も、煙と炎の中にむなしく消えて行った。ただ知りえるのは、父と私がここに現実にこうして生きているということだけだった。気がつくと周囲はすべて焼ける物は焼けつくして、

白々と夜が明け始めた。見わたす限りまったく焼け野原だ。夜が明けてみると、自分の家があった所からいくらも離れていなかった。団子形に高く土を盛ったわが家の坊空壕が見える。その中には食料と家財が入っているはずだ。まだそちこちにくすぶっている多くの死体をよけて、めざす坊空壕にようやく行きついた。母や義姉、幼い甥たちもかけこんできた。その時、見合わせた父と母、義姉たちの目は兎の眼のように赤かった。私の眼も赤かった。ともあれ、手を取り合って互いの無事を喜ぶことができたのであった。

私の眼は、あの夜の炎と煙にあおられたのが原因で五年後に失明した。戦災に遭ったのは一九四五年（昭和二〇）五月二十五日の夜、中野区川島町にいた時のことである。

（「高嶺」一九五九年二月号）

雨降る中を

東京大空襲で焼けた中野区弥生町を四十六年ぶりに訪ねた。昨年の十月十二日のことである。あいにく台風二十一号の影響で、ひどい雨降りであった。弥生町を案内してくれる友人たちが、上野駅まで傘を持って出迎えてくれた。幸い、新宿前のバス停に着いた時には風も雨も止んだ。

バス停に集まりくれし友ら言う金の頑固に台風逸れたよ

バスで三十分ほど行った所が弥生町である。十三歳の時、両親や兄たちと共に弥生町に住み、製菓会社で働きながら夜学で学んだ。当時はここを川島町と言っていた。その後、町名変更で弥生町になり、現在に至っている。私にとっては少年時代を過ごした所であり、弥生町は第二の故郷のような懐かしさがある。バスを降りた時点で、またパラパラと雨が降り出した。栄町バス通りから弥生町への路地を曲がると、旧川島町にあった神田家の柿の木に、赤く色づいた実がたくさんなっている。

頭上には枝撓うまで甘柿の豊かな実り垂れ下がりおり

神田家は代替わりして、屋敷周辺の板塀は低いブロック塀に建て変わっている。柿の木は塀の中にあるのだが、枝は道の方へ張り出して、豊かな柿の実が垂れ下がっていた。少年時代この柿を長い棒でつつき落としたりして、随分いたずらをしたものである。長い棒を振り回して剣道の真似ごとをしたり、縄跳びをしたり、戦争ごっこをしたのもこの路地である。

共同水道ありしところと年子言い太い電柱われに触れしむ

共同水道の周りでは、べいごま回しや、メンコ取りをして、私たち男の子たちが遊んだ所であり、懐かしさを覚える。

わが家の焼けし跡にはモダンなる木造二階屋慎ましく建つ

私をここへ案内してくれた石井年子さんのお母さんが、以前住んでいた同じ場所に住んでおられると言う。私が来ることを前もってお母さんに話してあるそうで、急きょ私は店でお茶を買い、それをお土産に石井おばさんを訪ねた。

わが病手指曲がりていることもすべて知りいて手を取りくれつ

八十六歳のお年ながらすこぶる元気で、軒下には様々な草花の鉢を置いて世話をしておられる。子供の頃、すぐ前隣の石井さんには随分いろいろ世話になった。旭製菓という菓子工場への入社を勧めてくれたのも、夜学を勧めてくれたのも石井さんであり、入社入学の保証人にもなってくれた。その私がハンセン病を発病して、会社や夜学を辞めて療養所へ強制収容された時は、我が子のことのように嘆き悲しんでおられたそうである。少年時代の私の顔を覚えていて、ハイラちゃんと呼び、走ってきて手を取ってくれたことが、何よりも嬉しかった。わずかな時間ではあったが、お茶を頂きながら、遠く過ぎ去った様々な思い出を楽しく語り、渡日当時お世話になったお礼を述べて石井家を辞した。石井おばさんが培っている、軒下のベゴニヤが鮮やかに咲いていたのが心に残る。

憲兵に追い立てられてふらつきつつ家出づる兄今も目に顕つ

太平洋戦争中、長兄が日本海軍軍属に取られた。休暇で青森の大湊軍港から兄が帰るとの連絡があり、療養所より私も家に帰省した。兄は帰宅間もなく、突然四十度を越える熱を出して病床に臥った。直ちに医師の往診があり、マラリアと診断された。一週間の休暇では隊に戻れ

雨降る中を

ぬとの医師の診断により、診断証明書を軍に提出したところ、休暇期間は三日だけ延期の許可が出た。勿論三日のみの延期でマラリアが治るはずがなく、再度医師の診断証明書を軍に提出したが、再延期は許されなかった。そしてまだ病床に臥っている兄を、二人の憲兵が来て、ふらつく兄を荒々しくひきずって行った。

兄が隊に戻ったあと、私も療養所へ帰った。だが、兄や私を見送ってくれた両親の、何とも言えぬ寂しそうな顔が目に浮んできて、どうにも気持ちが落ち着かない。数ヵ月して私は、家事手伝いの名目で再度帰省した。突然の私の帰宅に、両親は大喜びである。家には両親と兄嫁、幼い甥、それに私が加わって五人家族となった。家事手伝いとして帰省した私は、請負士の父に従って防空壕掘りに励んだ。小さいのでも一つ掘り上げるのには、五日間から一週間はかかった。壕の中に柱を立てて土がこぼれぬよう板を打ちつけるため、完成までにかなりの日数がかかったのである。それでも一ヵ月に三個は掘り上げることができた。一個掘れば、小さいので三百円である。私は大いに家計を助けた。しかし、それも長くは続かなかった。

無責任な軍の命令憎みけり煙に巻きこまれ逃げ惑いつつ

一九四五年五月二十五日、東京大空襲で中野区は広範囲にわたって焼けた。私達の住んでいた川島町も焼けた。長兄の戦死の公報が、焼け跡の掘っ立て小屋に届いた。日本軍が兄を殺した。病気の兄を強引に戦場に連れ出して殺したのだ。朝鮮語で大声で叫びながら私たち家族は抱き合って泣き崩れた。この年の八月十五日、日本軍は米英に対し無条件降伏したのである。病人までも戦場に駆り出して負けた太平洋戦争は、一体どんな意味があったのだろう。

東京空襲振り返りつつ戦争の悲惨さ空しさ語り合いおり

友達とかつての焼跡に立つと、少年時代の楽しい思い出や、戦災に遭ったことなどがあれこれと思い出されてくる。

（「高嶺」一九九二年五月号）

湯治

草津へは一九四六年（昭和二一）の夏、湯治に一度きたことがある。日新館という旅館に泊まった。家から持ってきた米一週間分を旅館に預けた。当時主食の米は配給制だったので、どの旅館でも米を持って行かなければ泊めてもらえなかった時代である。

私の隣に鈴木という三十歳くらいの男が泊まっていて、私の所へよく遊びにきた。地元の群馬の人だったが、長野県へ寄ってりんごを買ってきたと言って、青い肌に少し赤身のかかったりんごを私に一つくれて、自分でも一個を持って丸かじりを始めた。私も彼にならって丸かじりをして食べた。夏の終わり頃だったので、その時期に出まわる早生りんごであろうか。

果肉も柔らかく、ちょっと甘ずっぱくておいしかった。話し好きな人らしく、しゃべり出すといくらでもしゃべりまくり、話題がつきると碁盤をひっぱり出してきて、

「一局やりましょう」

とくる。私は本碁の打ちかたを知らなかったが五目並べくらいはできたので相手になった。勝ったり負けたり、実力は五分五分であったろうか。鈴木は一言しゃべるごとに、手をすぐ額に

持っていく妙な癖を持っていた。五目並べに飽きると今度は私を入浴に、映画に、散歩にと、ひっきりなしに誘うのである。温泉地に静養にきたのだし、それに町のはずれにあるといわれる国立療養所栗生楽泉園に寄って診察も一度受けてみたいと思うのだが、なかなか彼は私を一人にさせてくれない。

ある日、鈴木は、

「ここから三十分ほど歩くと栗生楽泉園という療養所があるので、そこまで行ってみましょう」

と私を誘った。もちろん私は同意した。大股でずんずん歩く彼の後について行きながら、こいつ俺がハンセン病であることを知っているな、と思った。もっとも右手の指が曲がっていたのだから、病者と見られても不思議ではなかったのだ。

「これからお前と同じ病者の所につれて行くから驚くなよ」

と言葉には出さなかったが、いたずらっぽく笑っているかのように思われた。楽泉園官舎の入り口のあたりだったろうか、楽泉園から町へ買い物に行くらしく、小さな背負い籠を背負った、一見して病者と思われる中年の女の人に出会った。

「楽泉園に行きたいのですが、どの辺にありますか」

と鈴木が訪ねると、その女の人は、

「あの坂を降りきって少し行くと楽泉園です」

と教えてくれた。楽泉園の正門の所に、「香川松」という大きな松があったが、その松の根方に二人並んで一服した。白根山から吹き上げる白い煙がまっすぐ見え、青々とした周囲の雄大な山の風景も美しかった。敗戦後、焼けた赤いトタンのほったて小屋が、まだいたる所にある東京を離れてきた私は、草津高原の自然の美しさに、ただただ見とれるばかりであった。白根山の吹き上げる煙を仰いで、すばらしいすばらしいと連発する私に、

「明日の朝早く、あの白根山へ登りましょうか」

と鈴木が誘ったので、私は即座に同意した。

すこし休息をとったあと、正門から入らず裏門から入り、楓園の細い道を通って行くと、右側の山手の方に白い幹の木が数本あり、その梢には青々とした葉が繁っていた。初めてその木を見た私は、すごく美しいなー、と思った。白樺という木だ、と鈴木に教わって初めてその名を知ったのである。グランドをつっきり旧売店前に出て、藤の湯前を通り、現在納骨堂の所、当時はまだ納骨堂はなく、背丈ほどに繁った熊笹と松林であったが、その林の細い道を通り抜けると、小さくいくつにも区切られた、患者の耕作する慰安畑があった。二メートルほどの花いんげんの手竹がぎっしりならび、花いんげんの蔓がいっぱい伸びからまっていて、赤、白の花がたくさん咲きほこっていた。これが草津特産の花いんげんであることも、鈴木が教えてくれた。その赤、白が実に鮮やかに美しく咲いていたのが、今もはっきり印象に残っている。

その夜、料理屋に誘われた。その頃の私は二十歳、元気盛りだったので彼に誘われるままどこにでもついて行ったが、その料理屋というのは芸者のいる所で、いわゆる芸者屋地区であろうか。玄関を開けると上がり框に簾がかかっており、中に三味線の音が鳴っている。彼は、

「こんばんは」

と言って、勢いよく店に入って行った。だが私は、自分の病気のことを思うと、どうしてもこういう華やかな所で遊ぶ気にはなれなかった。彼に、

「私は帰るから、ゆっくりしていらっしゃい」

と言って、さっさと旅館の方へひきかえした。芸者と顔を合わせることもなく、胸をドキドキさせて逃げ帰った当時の私は、やはり純情だったんだなあと思う。

翌日の白根登山は、私が足を痛めたためにできなくなり、鈴木も休暇期限が今日で切れるとかで、私に別れを告げて旅館を去って行った。白根山には登れなかったが、彼の案内によって賽の河原や町のいろいろな珍しい所を見ることができ、温泉地に初めてきた私にとって、鈴木と過ごした四日間はとても楽しかった。


（「高原」一九八二年五月号）

第三章　点字と共に

バラ

栗生楽泉園には一九四六年（昭和二一）に入園した。第二次世界大戦が終わってまもなくだったから、ここ国立療養所でもあらゆる物資が欠乏していて、わけても食料不足は深刻であった。栄養失調で療友が毎日のようにバタバタと倒れた。日に幾人もの療友が死んでいった。寮の近くに園の火葬場があり、寮友を焼く煙がいつもひっきりなく上がっていた。麦とサツマイモが大部分の黒いご飯が、園の炊事から配られてきたが、付いてくるおかずも野菜の煮付けがほとんどで、栄養になりそうな物は何一つない。まれに飛魚という骨だらけの焼き魚が配られていたことを覚えている。

これだけの食事では栄養失調で寮友がバタバタ死んで行くのも無理がないやと思った。飯器の蓋を開けるとプーンといやな臭いが鼻をつく。私は炊事から配られてくるそのご飯を、どうしても食べる気にはならなかった。私は持ってきた素麺をゆでて食べた。素麺の汁に味付けしようにも醤油がない。隣の女性寮へ素麺を幾束か持って行って、醤油五合ほどをもらってきた。貴重な調味料なので、薄く味付けした汁に鮭缶と素麺を入れて煮て食べた。

楽泉園に入る前は東京にいた。短い間ではあったが、露天商の鑑札を受け、中野区上高田で小さな店を出していた。袋入りのピーナッツと、ピーナッツ入りの飴を店に出して売っていた。ピーナッツも売れたが、ピーナッツ入りの飴もよく売れた。商品の仕入れの関係上、担ぎ屋と呼ばれる人たちとは広い付き合いがあり、金さえ出せば担ぎ屋を通して欲しい物は何でも手に入った。素麺も楽泉園に入園する時にブローカーから買って持ってきた物である。

その素麺も幾日も経ずしてみな食べつくした。ほかに何も食べ物はないので、園から出るご飯を食べた。飯に混じっているサツマイモは苦かったが我慢して食べた。根が貧乏育ちだから寮園食にも慣れ、炊事から出る物、何でも食べられた。それでも手元に食べ物がなくなると東京へ走り、いろいろな食品を運んできた。持ってきた物を寮友にも分けてあげた。素麺は珍しいと言って寮友に喜ばれた。私はこうして、東京から運んできた物を食べて栄養をつけた。それも長くは続かなかった。虹彩炎が再発したのだ。

第二次世界大戦当時、東京で米軍の空襲に遭い、焼け出された。その戦災の炎にあおられて赤くなった眼の充血がなかなか取れず、眼科医に診てもらったら虹彩炎だと言われた。ほっておくと眼が見えなくなってしまうとおどかされ、毎日通院して治療を受けた。医師の勧めにより、度の入った眼鏡をかけ始めたのもこの頃である。治療して充血は取れたが、右眼がゴロゴロする。このことを医師に告げると、

「目尻に米粒ほどの腫れ物がある。これはここでは治せないから専門医に診てもらうように」と専門医への紹介状を書いて持たせてくれた。

その紹介状を持って、以前入園して治療を受けたことのある多磨全生園へかけつけた。眼科医からの紹介状を全生園の事務本館に出して、入園をして治療を受けたい旨を告げると、本館の係員が、

「あなたたちの国も立派な独立国になったことだし、在日のみなさんがどんどん本国へ引き揚げている時だから、自国へ行って治療を受けたらいかがですか」

そう冷たく言い放って、私を入園させてくれなかったのである。

門前払いをくった形で家に戻り、両親には草津温泉で一週間ばかり静養してくると言い残して、草津にきた。日新館という旅館に泊まり、湯治のかたわら町のはずれにある楽泉園に立ち寄り診察を受けた。

「入園をしてしばらく治療をした方がよいでしょう」

と私の目の症状を診て、医師がそう言ってくれた。事務分館長は加島さんだったが、とても優しく応対してくれ、いろいろ親切に入園の手続きも取ってくれた。ここでは自国へ帰れなどと言われることもなく、すんなり入園することができた。楽泉園に入園するきっかけになったのは、眼にできた赤い結節が原因だったのだ。

草津の温泉に行くからと言って家を出たのであるから、いったん東京の家に戻り、店も売って栗生楽泉園に正式に入園したのは、一九四六年九月二十五日であった。

治療といっても、眼科に通って洗眼をし、点眼をしてもらうことと、本病の治療に大風子油注射を週に二回打ってもらうだけのことだった。治療しながら、東京へは行ったりきたりがし

ばらく続いた。楽泉園には父も母も何度か訪れた。一日も早く本病を落ちつかせて家に帰りたい気持ちから、寮友何人かと共同して大風子油、注射器、消毒器などを取り寄せて、園で打ってもらう週二回の注射以外に、もう一本大風子油注射を打っていた。寮友の中に楽泉園に入園する前、薬局に勤めたことがある人がおり、医療に対してかなりの知識を持っており、大風子油を溶かすことから、注射器の消毒、消毒用アルコール、脱脂綿、すべてを整えてくれて、その人が私たちに注射をしてくれた。こうした注射が何ヵ月か続いた。

しかし、私にはかえって病菌を刺激していけなかったようだ。治まっていた虹彩炎が再発した。両眼が真っ赤に充血して激しく痛んだ。頭でも割れてしまうかと思うほど痛かった。目尻にあった結節が大きく膨らみ、皮が破れた。額に大豆大の赤い結節が次々と吹き出した。にくたらしいので結節の頭に灸をすえた。灸をすえ結節は破れて消えたが、その灸の痕が火傷のようにひきつって黒く醜い傷となった。額に灸をすえたことが眼にも刺激を与え、眼の痛みと充血がますますひどくなっていた。眼科から貸し与えられた罨法鍋《あんぽうなべ》で懸命に温罨法《おんあんぽう》を続けた。温罨法のためのホウ酸もガーゼも眼科から支給されていたのである。自分たちで打っていた注射は、私は直ちに打ち切った。

こうして眼科に通って治療を受け、温罨法を続けた成果があったのか、充血も眼の痛みも少しずつ取れた。一時視力も落ちていたが、充血が取れるにしたがって視力も徐々に回復してきた。額に灸をすえたため、ケロイドのような醜い傷のある顔となり、この顔で園外に出て行くのはためらわれた。それ以来、東京の家へ帰ることをやめた。

戦後、帰国した兄が朝鮮から私たちを迎えに再度渡日してきた。療養所の私を訪ねてくれて、朝鮮へ一緒に帰ろうと言ってくれたが、その頃の私は熱瘤を病んで四十度近くの熱を出していたので、とても帰国できるような状態ではなかった。私は療養所に残るから、両親をつれて朝鮮へ帰るように兄に頼んだ。しかたなく兄は東京に戻り、両親に私の意向を伝えた。父は、

「夏日を療養所に残して帰国する気にはなれぬ」

と言って東京に残り、母だけが兄に伴われて帰国した。そして、東京に居残った父から時たま仕送りを受けていた。

次第に視力が落ちてきて、気持ちがひどく落ちこんでいた時に、私を慰めてくれたのはバラであった。私のいる穂高舎の西側の土手にバラの木が二本あって、初夏から夏の終わりまで紅と白のバラが鮮やかにたくさん咲きほこっていた。私は部屋の裏の窓を開けて、そのバラをいつまでも飽きずにながめていた。特に朝露に濡れたバラは輝いてみずみずしくて美しかった。じっとながめていると、紅や白のバラの一つ一つが私に向いて明るく微笑みかけてくるようにも思えた。

秋に花が終わると、庭に吹きたまる落ち葉を掃き集めて、バラの木の根元に埋めた。野菜の切り屑や残飯などもバラの根元へ運んだ。それがバラの肥料になって、翌年は株がより太くなり、新たに別の茎も出て株も増えた。前の年よりももっと豊かな花をつけてくれた。

看護婦さんが救急箱を持って、寮の横の道をよく通っていた。看護婦さんが私の部屋の裏戸を開けて、

「金さん、あのバラ一本くれない、とてもきれい」

そう言って、甘い声で私に花をねだる。丹精こめて育てたバラを切るのは惜しい気もしたが、看護婦さんにねだられるといやとは言えなかった。お勝手から包丁を持ってきて、あそこの左から二番目のを切って、あるいは右から何本目のを切ってというふうに、私が指をさしてバラを切らせた。雑誌の紙をちぎって、棘が刺さらぬように包んで持たせた。

「金さんありがとう」

看護婦さんはそうお礼を言ってバラを持って行った。自分が植えたバラでもないのに、看護婦さんに欲しいと言われると切ってあげ、ありがとうと言われるととてもうれしくて、よりいっそう丹精をこめてバラを育てた。

そのバラも私の眼が不自由になり、不自由者棟へ移ってからは、誰が掘って行ったのか、あるいは手あたり次第に切っていったために自然消滅してしまったのか、土手のバラは消えてしまっていた。私の目には、あの紅と白の美しいバラの花が鮮やかに今も目にくっきりとやきついている。

（一九八九年四月二十日）

青木哲次郎さんを偲ぶ

青木さんとは旧第二報恩寮で約六年間生活を共にした。眼が見えなくなって生活介助が必要となり、軽症者寮より不自由者寮に移ったのであるが、第二報恩寮三号室に入居するについては、入れる、入れないのとちょっとしたもめごとがあったそうだ。それは同居人の一人が自治会人事部長より、金さんを君の部屋に入れてくれと頼まれ、同室の人の同意無しに独断で私を受け入れることに承諾したことが原因だったのだと、ずっとあとになって青木さんが私に話してくれたので知った。

当時は現在のような職員看護ではなく、寮友の軽症の人が私たち不自由な者の一切の世話に当たってくれた。十二畳半の部屋に四人の雑居生活である。青木さん自身足が不自由であったが、眼が良かったので盲人の人の手紙の代筆や代読をしていた。今は亡き秩父明水さんが、歌誌「アララギ」を持ってきては青木さんに読んでもらっていた。

第二報恩寮は十二畳半の部屋が四つあって、寮の中央に七畳ほどの小部屋がもう一つあった。何年か前にはこの部屋にも人は住んでいたそうだが、私がこの寮に移ってきた時は空き部屋になっていて、舎の備品などが置かれてあって、来訪者の応接間がわりに使われていた。青木さんは共同生活する部屋では代筆代読はせず、頼まれる代筆代読は別室に行ってやってあげていた。秩父さんが短歌誌を持ってくると、快く迎え入れて小部屋に通した。私も小部屋に呼ばれて、青木さんが読んでくれる「アララギ」を秩父さんと一緒に聴いた。朗読は毎日三十分くらいだったが、気分の優れない日もあったろうし、盲人に対する深い理解がなければこのような奉仕は続けられるものではなかろうと思った。

神経痛でにわか盲となり、なかなかひとり歩きのできない私を、青木さんは眼科にたびたび連れて行ってくれた。眼の痛みが治ると障子の桟がぼやっと見える日もあり、視力の恢復を願い眼科へ治療に通い続けた。ある日、眼科の安原看護婦さんから、

「金さんの眼は神経痛と重い緑内障に冒されており、治療をしても視力は戻りません。眼のことはあきらめ、文芸にでも心を向けてあげるように」

と伝言を頼まれた青木さんが、私に話してくれた。視力の恢復を願って懸命に治療を続けていただけに、安原さんからの伝言は大きなショックであった。眼のことをあきらめるには多少時間がかかったが、安原さんの言葉を素直に受け入れ、それなら短歌を作ってみようと決心した。そして、五七五七七に指折りして一生懸命に作った歌一首を青木さんに聞いてもらったら、

「うん、ちょっと直せば良い歌になるよ」

と言って、一箇所直してくれたのが、

ひたぶるに眼科に通い癒えざりし視力にて仰ぐ桜は白し

の歌であった。それ以来眼のことは忘れようと、ひたすら歌作りにうちこんだ。できた歌は青木さんが清書して、「高原」編集室に届けてくれた。さきにあげた歌は「高原」誌に載った私の歌の中の一首である。苦労して作った自分の歌が活字になって、初めて「高原」に載ったのを読んでもらった時の喜びは格別であった。

この頃から第一線で活躍中の作家や詩人、俳句の著名な先生方が訪問してくれるようになり、園における寮友たちの文芸に対する関心がにわかに高まってきた。短歌ではアララギ同人であり、紙塑人形の作者としても有名な方で「潮汐」を主宰しておられる鹿児島寿蔵先生をお迎えして、短歌の作り方についてご講演をいただいた。流行を追うことなく、置かれた立場で実生活をありのまま、素直に一首一首詠んでゆけば良いとのお話であった。先生のご講演を聴いて感銘を受け、私は先生の主宰する「潮汐」に入会して短歌を学んだ。

その年より高原歌壇の選が鹿児島先生に変わり、新たに短歌を作り始める人も多くなってきた。青木さんが盲人の短歌会員の歌稿の代筆代読を引き受け、後輩の私たちをぐんぐん引っぱっていってくれた。自然も詠むようにと野外へ散歩にも連れ出してくれた。園内に創作会ができてからは創作会にも入会して、迫力ある作品を次々と「高原」に発表しておられた。また、カントの哲学書を取り寄せて読まれるなど、大変な勉強家であった。

ここ何年かをふりかえってみると、鹿児島寿蔵先生が逝去され、先生が主宰しておられた

「潮汐」が廃刊になり、高原短歌会で共に励んできた歌友が次々とあの世へ旅だって行き、一時期三十名を越えた高原短歌会の会員が、僅かの間に盲人ばかりの十一名のみとなってしまった。何とも言いようのない寂しさを覚える。だが、落ちこんでしまってはならぬ、残ったものが青木さんらの分もがんばらなくちゃ！

第二報恩寮三号室に私が入居するについては、入れる、入れないでもめごとがあったことは先に記した。その部屋に移ってからは、何のごたごたもなく、「アララギ」を読みながら青木さんと共に大いに作歌に励んだ六年間であった。

拙文を結ぶにあたり、青木さんが八月に病棟に入室して読まれた短歌四首を記して、ペンを擱かせていただく。

半年をベットと共にある暮らし幼な鴉のしきり鳴きつぐ
わが過去を語りたくなり昼下がりカニューレを押さえつつ看護婦と話す
カニューレと共に生くるべし此の朝ほととぎすだけがかまびすしく鳴く
医師と話し医師に語りかくる今にしてカニューレの音少し気にする

（「高原」一九八七年十二月号）

舌読

舌読の練習を始めたのは、一九五二年（昭和二七）の秋である。笹川佐之、浅井あい、金夏日は、鹿児島寿蔵先生の主宰する短歌誌潮汐会に入会して短歌を学んでいた。月々届く「潮汐」を目の見える歌友の部屋に持っていって読んでもらい、歌稿も代筆してもらって、潮汐会に送っていた。先生方の短歌を自分で読んで味わいたい、こういった願望を常に抱いていた。

あれは一九五二年十月十一日のことだった。群馬県盲人会の高橋多氏、湯本一氏をお迎えして、当園盲人会と懇談会をもった。

「点字を覚え、社会の動きを自分の力で把握したいのだが、点字を読み取るこの指に麻痺がきていて、点字を読むことができない」

と、高橋氏と湯本氏にそう訴えて嘆いた。高橋氏は、

「指がだめなら唇で、唇がだめなら舌先で点字を読み取る稽古をしたらどうか」

こう言って、私たちを励ましてくれた。そうだ、舌先なら感覚が残っている。高橋氏の激励の言葉がきっかけになり、翌日から、笹川、浅井、金の三人が点字舌読の稽古に取り組んだ。

その頃、沢田五郎氏はすでに点字指読をマスターされ、盲人会員の点字指導に毎日忙しく走りまわっていた。私も沢田氏に頼んで点字用紙に五十音を打ってもらい、舌先で点字を探り読む練習を始めた。薄い点字用紙では唾液ですぐべとべとに濡れてしまい、穴が開いてしまうので、点字用紙よりも厚い古い絵葉書に五十音を打ってもらって読むことにした。

当時の様子を一九七六年（昭和五一）、栗生盲人会で出した『あしあと』の座談会で、私は次のように言っている。

「五十音を打ってもらって、なめてみたんだけど、とにかく最初は何にもわからない。そして、じっとやっていると肩はこるし、目は真っ赤に充血するし、涙はぼろぼろ出るし、唾液は出るし、すぐに紙がべたべたになってしまい、それで濡れても点がつぶれないような紙ということですね、例えば絵はがきとか、カレンダーの表紙とかね、そういうものに打ってもらってやると、最初はなめらかなんだけれど、そのうちに、角が立ってきて穴が開くんだね。それでもこうやっていると（舌を出して首を振るしぐさをする）濡れてぬらぬらしてくる。いつものように、唾だろう、と思ってまだやっていると、晴眼者が見て、わあ、おい血が出たぞと言われてね。舌の先から血が出ているんだね。ともかく大変だったです」

こうして血を流しながらの舌読の練習を続けた。点字をなめていて舌先に傷がつき血が出たが、それでも点字を捨てなかった。二ヵ月かかってやっと五十音が読めるようになった。高橋氏よりの励ましの手紙が、私にとっては舌読練習の教科書になったのである。二字三字と点を読み取り、それが言葉になった時には「ばんざい」と叫びたいほどの喜びであった。血を流しながら舌読を成し得ただけに、喜びはひとしおであった。笹川、浅井、金の三人はほぼ同時に点字舌読を習得した。

私たち三人は舌読の喜びを短歌に詠んだ。そして潮汐会に送った。月々の「潮汐」に自分たちの舌読の短歌が五首六首と載っている。たどたどしい拙い短歌であるが、舌読という特殊な作品であるだけに「潮汐」の先生方の関心を引くところとなり舌読の歌に対する批評も毎月載ってくるようになった。先生方の私たちへの励ましの言葉に勇気づけられ、ますます作歌意欲がわいてきて、懸命に舌読の歌を詠んだ。「潮汐」の歌友からも私たちに励ましの手紙が送られた。

そして、私たちの舌読に感動した鹿児島寿蔵先生は、私たちに点字歌集を作ってあげようと、潮汐会員に寄付を募って、先生ご自身の第七歌集『麦を吹く嵐』の点字本を作って持ってきてくださった。先生方の短歌を自分で読んで味わいたいという私の願望がようやくかなえられた。鹿児島先生の私たちに対するご厚情が身にしみてうれしかった。宗教、歴史、文学、これらの本も取り寄せて自分で読んで、思う存分勉強する道が開かれたのである。当時、私は二十歳代だったが、自分で本を読んで勉強したい意欲に燃えていた。

笹川佐之は二十数年前に他界したが、浅井、金は、今も元気に文学書、歌集など取り寄せて舌読に励んでいる。

鹿児島先生は、紙塑人形作家として人間国宝になられた方であるが、八年前逝去された。同時に先生が主宰しておられた「潮汐」も廃刊になり、私は「潮汐」の幹である「アララギ」に入会して短歌を学んでいる。

（「点字毎日」一九九〇年一月七日号）

舌読

点字と共に

　栗生盲人会に月々届く点字雑誌は、約二十種類に及んでいる。「点字毎日」を一部購入しているほかはすべて寄贈図書である。十数年前までは、週刊誌や月刊誌が入ったことを園内放送でお知らせすると、読者が我さきにと点字図書室へかけつけたものだが、今は放送しても誰も本を取りにくる人はいない。これも老齢化による現象の一つであろうか。寂しいことだ。これでは寄贈してくださる方々に対して申し訳ないと、一年ほど前から点字図書室の職員が読者宅へ配達しているが、これは読者にたいへん喜ばれているようだ。先日たまたま廊下で出会った読者から、

「本いつもありがとう」

とお礼を言われた。配達している本が読まれているんだなあ、と思って点字部担当理事としてうれしかった。

　職員が配達する以前は、私が点字図書室より預かってきて配達していた。理事をやめた二年間は、図書室の作業員が私の部屋の前廊下へどさっと運んできてくれたので、寮の看護助手さ

んに手伝ってもらい、幾冊か組み合わせて配ってきた。読者は不自由者地区にいる方だけで十名ほどおり、それもばらばらに住んでいるので、廊下続きとはいえ体の具合の悪い時などかさばる点字雑誌を抱えて行くことが重荷に感じたこともあり、配達を幾度もお断りしようかと思ったこともあった。けれど廊下で出会う読者から、

「いつも本ありがとう」

とお礼を言われると、できるところまではせいいっぱい奉仕しなくては、と思い直し、自分を励まして配達の奉仕を続けてきた。幸い一九八〇年（昭和五五）四月十五日をもって、これまでの寮友軽症者による点字図書室の作業員が職員にきりかわり、若い職員の手により点字雑誌を読者に直接配達できるようになって、心から喜んでいる。

寄贈されてくる点字雑誌の主なものを次にあげてみよう。「あけの星」—カトリック点字図書館、「ひかり」—天理教点字文庫、「心の糧」—曹洞宗宗務庁、「希望」—盲人福音センター、「読書」—盲人情報文化センター、「新生」—愛媛県盲人福祉センター、「黎明」—日本ライトハウス、「京都ライトハウス通信」—京都ライトハウス、「名古屋図書館便り」—名古屋ライトハウス、「点字にいがた」—新潟県社会福祉協議会、「婦人文化」—日本愛盲協会、「リーダーズ・ダイジェスト」「点字ジャーナル」—東京へレンケラー協会、「県の便り」—群馬県広報課、「自由新報」—自由民主党、「短歌への出発」他—栗原光沢吉《つやきち》、などがあげられようか。

何年か前、病棟に入室した時、病床で点字雑誌を読んでいたら病棟の保清婦さんが、

「その本、読み終わっていらなくなったらいただけませんか」

と言われたので、すでに読み終わった何冊かを差し上げた。理由を聞くと、ベット脇の塵籠の底に敷くとのことであった。入室している間、読み終わった雑誌は保清婦さんに差し上げてきたのは言うまでもない。

テープレコーダーが普及した現在、点字よりもテープを利用する会員が多くなった。かさばる点字書を抱え舌読するよりは、備えつけのテープレコーダーにテープを回して聞く方が、それは確かに楽には違いない。私自身盲人会のテープライブラリーから、徳川家康など多くのテープを借りて聞いている者の一人である。でも点字には点字の良さがあり、テープを聞かない日はあっても点字書を開かぬ日はまずないと言ってよい。

栗原さんから盲人会へ送られてくる「短歌への出発」「短歌の作り方」「昭和万葉集」「白日」の年鑑歌集などを私が独占した形で読ませていただいている。「短歌への出発」「短歌の作り方」は、初心者向きに万葉の歌や先生方の歌を引いてわかりやすく解説してあるので、短歌を学ぶ私にとってこのように点訳された短歌雑誌に触れることは何よりもうれしい。光沢吉さん、ありがとう。

本棚には点字聖書や点訳になった歌集などがびっしり入っており、毎日の日課として点字聖書を読み続けている。テープ聖書もテープライブラリーにあるが、一冊をじっくり味わって読むにはやはり点字だと思う。手を伸ばせば届く所に本棚があり、十分でも二十分でも時間さえあれば、点字書を手に取って舌読している。歌を考えている時、点字本が一冊前にあるだけで、何となく気持ちが落ちつくのだから不思議だ。

私にとって点字に触れることは、生きていくために毎日食事をするのとまったく同じことである。点字を習い始めた頃、わずかな点字書を奪い合うようにして読んだことを思えば、今は何と恵まれていることか。一冊も無駄にすることなく、命ある限り一冊でも多くの点字書を読み続けたい。

（「高嶺」一九八二年五月号）

点字ハングル

朝鮮語の点字テキストをやっと手に入れることができた。それは、一九五六年（昭和三一）であった。私が母国語の点字を習い始めたのはその頃からだ。しかし朝鮮語を習うにはハングル、つまり朝鮮仮名をまず学ばなければならなかった。故郷にいた時、私は学校に行くことができなかったので、そのハングルというものを全然知らなかった。私の在郷当時、朝鮮は日本統治下にあり、民族教育は許されなかったのだが、眼の見える時勉強しておかなかったことが今になって悔やまれてならない。

それで私は小学一年生になったつもりで勉強を始めた。幸い点字のテキストには朝鮮仮名の墨字書きもしてあったので読んでいてわからなくなると、健康者の眼の見える同胞を訪ねて行く。そしてわからなくなった所の点字に舌先を当て、そこに書いてある墨字の文字を読んでもらう。教えてもらって納得し、わかった時のうれしさ、ありがとう、ありがとうと何度もお礼を言って帰ってきた。

こうしてわからなくなると同胞を訪ねて行く。教えてもらっても文字の形がわからない時、五体のうち一番感じのある所、背中だとか、股に指で大きく書いてもらう。それでもわからない時は自分の頭をたたきたくなるくらいもどかしくて、じれったい気持ちであった。

春、秋の同胞親睦会があるが、そうした時も必ずテキストを携えて行くのであった。同胞の中には、

「盲人になって、そんなに勉強して何になるのだ。韓国の大統領にでもなるのか」

と言って冷やかす者もいた。また中には、

「盲人でさえ、ああして勉強しているのだ。眼の見える俺たちも勉強して、外部からくる新聞（朝鮮語）や雑誌ぐらい読めるようにならなくてはいかんな」

とまじめな意見もあった。

そうしたことで、同胞有志、黄那《ファンナ》さんの好意で朝鮮語勉強会が明和会館で始められた。半年あまり毎夜続いた。盲人を交えて十人くらい熱心に勉強した。私はそれによって朝鮮語の基礎がやっと身に付いた。朝鮮語の基本は何しろ複雑で、日本の五十音に当たる文字が四十三もあって、それにパッチムというものが加わって、いろいろと発音が変わってゆくのだ。パッチムの用い方がわかると、初めて本などが読めるようになる。

こうしたさまざまな苦労と努力を重ねて現在どうにか一人で本が読めるようになった。母国語としては今、手元に新旧訳の聖書を始め、数冊の本がある。ほとんど忘れかけた母国語をこの朝鮮語の聖書によって、一つ一つ学んでゆく。私は前よりましてイエス様に親しみを感ずるようになった。たどたどしい読み方ではあるが、毎日感謝のうちに聖書を読むのが何より楽し

みだ。その数少ない聖書もずいぶん表紙がいたんでいる。

聖書のほか今私の手元に、日本語の点字聖書、文学、世界史、東洋史、日本史などがある。これらはみな自分が欲しくて買った物であるが、特に私は歴史ものを読むのが好きだ。盲人会のテープライブラリーからも歴史もののテープを借りてきて聞いている。今まで聞いたり読んだりしてきた中には、私がもっとも知りたい朝鮮のことについてはあまり詳しく出ていない。いつだったか日本点字図書館長、本間一夫先生が来園されたおり、朝鮮の文学書や歴史を読みたい、と申し上げたところ、ただ一つ朝鮮の古典文学『春香伝』があるとおっしゃって、先生が帰られてさっそくその本を送ってくださった。この本の他は翻訳ものの点字になった物を探してみてもなかなか手に入らない。『春香伝』は日本の源氏物語に匹敵する物で興味深く感動をもって読むことができた。ただ、日本の方言、例えば「そうだべ」「…ずら」のような言葉が出てきて何かぴったりしない感じをもった。

このように私が勉強するのは、偉くなりたいとか、有名人になりたいとかはみじんも考えていない。ただ私は母国の言葉で書いた文字や歴史を読みたいのだ。幼時、祖母や母から聞いた童話や民謡を、もう一度当時に帰ったつもりで味わいたい。隣りのおじさんの読んでくれた少年物語も読んでみたい。最近韓国からいろいろな人が訪園されるようになり、そのつど私たちと懇談するのだが、そのたびに痛感するのは母国語をほとんど忘れ、話の受け答えがうまくできず、はずかしく情けなく思っていることだ。

古くから他国の侵略を受け、抑圧された民族の悲しみや苦しみの上に築かれた文化を学ぶために、私は聖書に合わせて同胞の書いた祖国の歴史を読みたいと念願し、たゆみなく朝鮮語点字を勉強している。

（「高原」一九七〇年五月号）

粥の味

　私は胃腸が弱いため年中粥食である。粥は医師の診察によって給食されるが、糊のようにべたべたしたのや、だぶだぶしたのが給食された時は一口すすっただけでいやになってしまう。一度にたくさん炊くから自然にこうなるとしても、もうちょっと何とかならぬものか。副食の方は季節の新鮮な物も取り入れられ、味付けもよく不足はないが、流動食の重湯にいたっては水っぽくていただけない。

「ぜいたくを言うな、世間には米粒一つだってありつけぬ者もいる」

と、お叱りを受けるかも知れないが、多少でもおいしく食べられて一日も早く治りたいと思う。二口三口すするお粥の量よりも薬の量の方がはるかに多く感じられる。

　　少し食べて幾たびも吐く明け暮よわが洗面器枕辺にして

それにつけても故郷の家で母が炊いてくれたお粥の味は、いつまでも忘れられない。私は幼い頃からよく腹痛をおこし母に苦い煎じ薬をのまされた。それをのむのがいやでおなかの痛いのをがまんして、泣きわめきながら家の中に転がりこんだこともある。そんな時母はきまったようにお粥を炊いてくれ、そして一度腹痛をおこすと粥食が幾日も続くことになる。器にもられた粥は牛乳のように表面に膜のような薄い皮がはり、匙を入れるとドロンとしてそれでいて米粒の一つ一つがそのままの形で膨らみ、べたべたしたり水っぽいことはなかった。

あきさせないために季節の風味もそえられ、三月の初めになると日向で芽を出す蓬を摘んできて一緒に炊きこむこともあった。これは腹痛に効く薬草で、普通の蓬とは違って茎が細く背も高いし、盛りの頃は白い花をつける。虚弱な子をもつ母は種々の薬草を夏の間に摘みためておくことを忘れなかった。このほか大豆粥、小豆粥という物もあり、大豆粥は生の大豆粉を炊きこむ物で、食欲のない時など風味があっておいしく、私の好物の一つである。早春にいち早く垣根や畦などの日だまりに芽吹く野びるを摘んで入れることもあり、好き嫌いの多い私だが、母が炊いてくれる粥だけは喜んで食べた。

私の生まれた村では妙な風習があった。たとえば葬式であるが、お坊さんにお経をあげてもらい、その後で茶菓をつまみながら亡き人の想い出を語り合うのが普通だが、私の生まれた村では、不幸があると村中が集まり亡くなった人の柩を囲んでお通夜をし、その後茶菓の代わりに粥を食べるのである。粥のでき具合によってその家柄が知られるという。村のどこかで葬式があると母はきまって粥炊きに頼まれて行く。

時には母に連れられて行ったこともあるが、招かれざる客の私にも粥だけは一人前出された。

母と一緒だったとはいえ人見知りする、はにかみやの私があんな場所でよくも粥がかきこめたものだと思う。

あれから三十年経った現在ふと、これらのことを想い出すとひとりでに微笑みがわく。十五、六年も前のことだが腹痛がひどく病棟へ入室した時、東京から母が白米と缶詰、調味料まで持ってかけつけてくれた。

そして、私のベットの傍にコンロを置き、昔の腕前をふるって粥を炊いてくれた。その母も朝鮮戦争の少し前に帰国して今は亡く、母の炊いてくれた粥を食べたのはこれが最後となった。

こうして原稿を書いていると、亡くなった母が粥鍋を持って動きまわるこまめな足音が聞こえてくるようである。

（「高原」一九六六年七月号）

病室で感じたこと

「金さん病棟へ入室ですよ、車椅子で送ります」

と管理棟から連絡があり、間もなく私の部屋の前に車椅子とワゴンが着いた。原因不明の熱が続いたので、精密検査を受けるための入室である。布団と着替え用の下着類、洗面道具、チリ紙などを乗せたワゴンはセンター、病棟間の連絡廊下を通って先に行き、私は車椅子に乗せられ、ワゴンの後を追う形でついて行く。病棟に着いたのは午後二時十五分頃であったろうか、一時半に入室するはずだったのが管理者の手違いで、四十分あまりも遅れて病棟に着いた。

しびれをきらして待っていた看護婦さんが、車椅子から私を抱き降ろしながら、

「金夏日、ハイルハイルと言って、いっこうに入ってこなかったじゃないの」

A看護婦さんの頓智の利いたジョークに、私を送ってきた看護助手さんや集まっていた看護婦さんから、どっと笑いが起こった。入室を忘れられて内心カッカッとしていた私までも、思わず吹き出す始末である。金夏日《キムハイル》とは朝鮮語の私の呼び名である。入室していつもとは違うなあと感じたのは、婦長さんをはじめ看護婦さん、看護助手さん、皆さんが私の名を朝鮮語で呼ん

でくれたことだ。看護婦さんがたどたどしい朝鮮語で私の名を呼んでくれたことはうれしかった。病棟十一号にはベットが六つあって、私のほかに入室患者は三名いた。

先程ジョークを飛ばしてみなを笑わせたA看護婦さんが、点滴注射を打ちにきてくれたので、

「朝鮮語で私の名前を呼んでくれるのはうれしいのだけど、どうしてそのように呼ぶようになったのですか」

ときいてみた。

「あら、金さんの希望じゃなかったの」

逆に問いかけてきた。

「別に私から頼んだ覚えはありません」

と私が言うと、

「そう、先生からキムハイルさんと呼ぶように指示がありましたよ」

こう言って私の右腕に点滴注射の針を射し、針を紙バンで固定してから、足早に去って行った。カルテの私の名前には、朝鮮読みのふり仮名がしてあるので、主治医のK先生が朝鮮人の私の気持ちを察して、キムハイルさんと呼ぶように、病棟婦長さんに指示されたのであろう。先生の暖かいご配慮に対し感謝したい。

日本名の金山光雄から本名の金夏日に戻したのは、今から十五年前の一九七〇年（昭和四五）十二月のことである。朝鮮名のふり仮名をつけた本名の書類を福祉室に届けてあったので、福祉室から医局各科へ連絡があったらしく、私が医局へ行くと、ちょうど今日のように、先生や

看護婦さんが私の名前を朝鮮語で呼んでくれた。園内放送によって本名に戻したことを流してあるので、一年くらいは職員も寮友も朝鮮語の名を呼んでくれたのであるが、いつの間にか金《キン》夏日《カジツ》と日本読みで呼ばれるようになって現在に至っている。

「金夏日《キンカジツ》さん、間違いましたハイルさん注射ですよ」

と笑いながら看護婦さんが私の方へ近づいてくる。

「無理しなくていいのに、呼びづらかったら夏日《カジツ》でいいですよ」

こう私が言うと、

「でも、先生の指示ですから、ハイルさんと呼ばせてもらいます」

と明るく告げて、注射を打って帰って行った。

　最近、病棟看護もずいぶん変ってきたように思う。以前は病状によって風呂に入れない人にかぎり清拭が行なわれたのであるが、今は風呂に入れる人にも、汗をかいて着替える時には気軽に清拭をしてくれるのである。この夏は例年になく暑さ厳しく、ひどい汗かきの私は、着替えても着替えてもすぐ肌着が汗に濡れてしまう。それだけに蒸しタオルで汗を拭いてもらい、着替えさせてもらった後は、心身ともにさわやかになり何よりもありがたいことであった。

　夜八時消灯、どの病室も話し声が絶えて静かだ。眠ろうと目をつむれば、昼間看護婦さんがジョークを飛ばして励ましてくれたこと、私の名前を朝鮮語で呼んでくれたことなど次々と頭に浮かんできた。精密検査は明日からである。検査の結果、胃にできたしこりがたとえ悪性の物であっても、くじけないで朝鮮人としての誇りだけは持ち続けたいと強く感じた。

祖国より背負いきたりしピンク色の薄き夏布団軽くてよろし

（「高嶺」一九八六年一月号）

第四章　パンチョッパリ

山の雨

不自由舎の大掃除が今日行われる。掃除をしてくれる軽症者の方が大勢きたので、盲人がいてはじゃまになるだろうと思い、私は急いで家を出た。久しぶりで晴天に恵まれ、新緑の香りをふくんだ気持ちの良い風が谷の方から吹き上げてくる。今日は畳がよく乾くであろう。年に一度の不自由舎の大掃除が無事に済むことを心の内で願った。

白砂川にかかった板を並べた吊り橋を渡ってスリルを味わったり、芽吹き始めた樹々に飛び交う小鳥のさえずりに聞きほれていた。園から二キロほど離れた湯の平に一人できていたのだ。

私は幼い時から山や川に一人きて遊ぶのが好きだった。帰路についてから雨が降ってきた。狭くくねくねした山道を右手に握った杖で探りながら懸命に登り始めた。しかし、急に雨が激しくなり自分の杖の音が、雨の音で消されてしまい歩行はかなり困難となった。しかし幾度か歩いた道なので自信はあった。この辺りでは谷川の音を背にして行けば、間違いはないはずである。だが私の杖は思わぬものを探り当てた。それは木の根、笹の葉である。（これはいかん）と思った刹那、不安と恐怖とが私の身体中を通り過ぎた。（あわてるな、落ちつけ。こんな時あわてたら最後だ。何とかなる。堅い所を探るのだ）と心を落ちつけることに努力した。

しかしそれとは逆に、あせるまいとすればするほど私の杖は迷った。私の探る杖の先には岩があったり、大きな木が私の行手を容赦なく立ちふさいだ。幾度も滑ったりころんだりして、私はもうへとへとに疲れてしまい、そこにしゃがみこんでしまった。あれほど楽しそうにさえずっていた小鳥の声も今は全然聞こえず、ただ聞こえるものは樹々を打ち地を叩く雨の音だけだ。

ふと気付くと、ほとんど聞こえなかった谷川の流れが今はもうゴウゴウと音をたてて迫ってくる。その中をじっと耳をすますと、遠くの方から人声が聞こえてくる。私は一瞬息をのんだ。だがその声が次第に遠ざかって行く。この機会をのがしたら私はここで死んでしまうかも知れないと思った時、私は、無意識に、

「助けてくれっ」

と続けざまに叫んだ。すると、

「誰だ」

と大分離れた地点で私の叫びを聞き取ったらしい返事があった。私はもう夢中で、

「金だーっ」

と言いつつ声のする方へ近づいて行った。向こうからも走ってくるらしい音が近づいてくる。

「おい、どうしたんだ」

と言う声と共に私は手を取られた。私は（助かったのだ、助かったのだ）と自分に言い聞かせ

ながら顔にかかった雨と一緒に涙を拭った。

　手をひかれ山を下る時その人は、

「道に他の二人が待っているから」

と話しながら、待っている二人に近づいた。

「なんだ金さんか」

と道ばたに腰を下ろして待っていた二人は笑いながら言った。私は、

「どうもすみません。みんなの声を聞かなかったらどうなっていたかと思えば、まだ私の心臓はどきどきしているよ」

「良かったなあ。僕らの声が金さんの耳に入ったというわけだ」

「本当だよ、そして消防団かとも思った。消防団騒ぎにならずに済んで良かったよ。おかげさまで山のばあさんの二の舞を踏まずありがとう」

と私は礼を言い、そして心から本当にそう思った。この三人は湯の平の帰りで、ふだん散髪の世話になる理髪部の人たちで、一行は私の手を取ると一気に狭い山道を駆け抜けた。雨は小降りになっていた。農道を通り、やがて私たちの療養所に着いた。

「ありがとう」

と別れる時礼を言うと三人は笑いながら、

「もう大丈夫だな。金さん、ここまできたら迷うようなことはなかろうな……」

笑って別れた。雨の降る中をやっと舎の入り口まできた時、ガチャガチャと音をたてて夕食の

飯器をかついだ食搬係りがくるところであった。

（「高原」一九五七年十月号）

りんご狩り

友人たちに誘われて、北軽井沢の石井農園へりんご狩りに出かけた。バスで約一時間ほどで目的地に着いた。りんご園に着くと、石井農園の奥さんが療養所からの私たちを暖かく迎えてくれた。バスを降りて五、六歩行った所にりんごの木があり、手を伸ばすと艶々としたいくつかのりんごが指に触れた。友人の一人は早くも一個をもぎ、丸かじりを始める。おいしい、甘いの連発である。この農園では、りんごに直接農薬をかけないので、丸かじりをしても毒にはならないそうだ。

空は雲一つなく快晴、しかし風は強かった。りんご園は浅間山の東の麓にあり、東南へ向け、なだらかな斜面の形で広がっていた。りんご園にきたのは十月も末であったので、浅間山頂よりまともに打ちつけてくる風は、さすがに肌を刺して冷たい。寒さに震えている私たちを、石井さんの奥さんは風当たりの少ない窪地の方へ案内してくれた。そこには、すねの所まで届くほどの牧草が柔らかく茂っていた。

牧草の上に療養所から持ってきたゴザを敷き延べ、ちゃぶ台を二台すえて、私たちも靴を脱いでゴザに上がった。頭の上や周囲には、ヒューヒューと風の音が鳴っているが、窪地のここは風当たりがほとんどない。

牧場が近くにあるらしく、牛ののどかな鳴き声が頭の上を風に乗って時おり聞こえてきた。日だまりにいるので、さっきの寒さとはまったく逆に、背中や肩のあたりがポカポカと快く暖かかった。

私たちをこの農園に案内してくれたWさんは、石井農園とは前々から親しくしているので、私たちが持ってきた心ばかりのお土産や出版物などをWさんを通し石井さんにお渡ししたところ、石井さんは大変喜んでくれた。石井さんは、しぼりたての牛乳を鍋で暖めて持ってきてくれた。喉がかわいていたので、さっそく、湯のみに一杯いただいた。こくがあって実に香ばしかった。十年ほど前に農園で取れたすもも で作ったという珍しいすもも酒も出してくれた。少し渋みがあって香りの高い、すごく味の良い物だった。酒の飲めない私は、湯のみに少しもらって飲んだだけで、顔がカッカッとほてってきた。歌好きな何人かは、早くもすもも酒で酔いがまわったらしく、歌謡曲を陽気に歌い始める。石井さんから新鮮なりんごジュースが運ばれてきた。これはもいだばかりのりんごを下ろし器にかけ、しぼったものである。私はこれがおいしくて、何杯もおかわりをした。横にいる友人が突然、

「痛い」

と声を上げた。

「どうしたのだ」

と聞くと、

「ジュースを飲もうとしたら、舌を蜂に刺された」

と言うのである。甘い香りがするりんごジュースに、いつの間にかあちこちから、地蜂が飛んできていたのであろう。ともあれ、すばやく唾液と一緒に毒を吸い出すなど、適切な処置を取ったため、大事にはいたらず、まずはホッとした。昼食には、石井さんの奥さんが腕によりをかけて、手打ちうどんをごちそうしてくれた。

Wさんから聞くところによると、石井さんご一家は第二次世界大戦中、国の政策の一つとして、満蒙開拓で満州にやられ、開拓事業に励んでいたそうであるが、敗戦後帰国し、現在この農園で農業を営んでいるとのことである。満蒙開拓で多くの苦労を積んできただけあって、療養所の私たちに対しても、大変暖かい理解を示してくれている。

私たちが食後くつろいでいる間に、運転手のNさんが座をはずし、いないと思ったら、どこからかヒヨコを一羽持ってきて私の掌に乗せてくれた。頬に当てると、幼い生き物の暖かく柔らかな感触を覚えた。ちょっとの間、その幼いヒヨコは、私の掌でピヨピヨと声を出しながら遊んでいたが、そのうちに身をもがいて私から離れた。すると、そのヒヨコは隣の友人の掌に乗せられ、次々とリレー式に移されて行った。その度ごとにピヨピヨと可愛らしい声を上げて、みんなを大いに喜ばしてくれた。

ヒヨコ一つハ氏病われらの膝に乗り手にも乗りつつ声の明るし

今回の目的であるりんご狩りは、午後一時頃から始めた。石井さんの奥さんが前もって、いろいろのリンゴを味見させてくれたので、私は甘くて小粒のゴールデンレッドというりんごをもぐことにした。りんごを入れる手さげ籠が渡され、それを持ってりんごの木に向かった。木のまわりには一面に牧草が茂っており、足の不自由な私には運転手のNさんが手をひいてくれたので、背高く茂っている牧草をかき分けかき分けながら、やっとのことでりんごの木の所へ行くことができた。

手を伸ばしもぎし林檎の丸かじり久方ぶりの遊びなりけり

枝にしがみつくようにして、つかんだりんごをひっぱってみたが、なかなかもげない。Nさんがそばにいて、りんごをつかんだら枝の方へいったん押して、ねじるようにしてひっぱればもげる、と教えてくれたので、そのようにしたらおもしろいようにもげた。

りんご狩りについては次のような思い出がある。私が初めて木になっているりんごを見たのは、一九四六年秋、東京から草津にきて、一週間湯治をした後、東京の両親へりんごのお土産をと思い、長野県へりんごを買いに寄った時のことである。この時期は早生りんごしかないので、どのりんご園に行ってもなかなか売ってくれない。何軒目かのりんご園を訪ねて、やっと八キロほど買うことができた。傷ついて売れないりんごは、その場で食べられるだけ食べさせてくれ、いくつかのおまけのりんごも袋に入れてくれた。当時は目が見えていたので、木に豊かに実ったりんごが夕日に映えて艶々と赤く色づいていた、あの時の美しいりんご園の情景が、今もはっきりと目に残っている。

今は目が見えなくなった私が、Nさんに手をひかれながらもいだりんごは、いつの間にか大きい手さげ籠に一杯になった。

渡されし手提げの籠に手探りのわれのもぎたる林檎溢れいる

バスに戻ると、何人かはもう車内に戻っていた。Sさんは、先ほど蜂に刺された舌が痛むのか、少し元気がないようだ。窓の外からは石井さんの奥さんがSさんのことを気づかい、「大丈夫ですか」としきりにSさんへ声をかけていた。それぞれもいだりんごの入った籠を車内へ運んだ。バスがちょっとバックした時、りんごが籠から出て、車内をコロコロと転がり出したので、車内は大はしゃぎである。一日楽しく過ごさせていただいた礼を石井さんに述べ、私たちのバスは、午後二時頃帰途についた。

(「高原」一九八二年十一月号)

サムルノリ

民族芸能栗生公演が四月二十九日、石黒会館に於いて執り行なわれた。これは大阪生野民族文化祭の有志による慰問公演である。午後一時開演。開幕合図のブザーが鳴って、観覧席から拍手が起こる。拍手の音でかなり多くの人が入っているなと思った。外は冷たい霧雨が降っていて、会館へくる足が鈍るのではないかと心配していたが、民族芸能という珍しさもあってか、予想以上に多くの人が会館にきてくれた。主催者側としてひとまずほっとした。園長の小林先生は、はやばやと会場にお出でくださり、大阪からの慰問団の方々にねぎらいのお言葉をかけてくだされた。うれしかった。その日は天皇誕生日であり、祝日であったので、医局各科は休みであったが、前もって今日の催しのプログラムをお配りしてあったので、お休みにもかかわらず、多くの職員の方々が、わざわざ自宅から今日の民族公演を見にきてくださったことに、大きな喜びと感激を覚えた。

挨拶、協親会々長（韓国）金永薫《キムヨンフン》。大阪生野区民族文化祭実行委員会々長、金徳煥《キムトクカン》。高槻市学童保育指導員、朴秋子《パクチュジャ》。祝詞、自治会長、藤田三四郎。栗生カラオケ愛好会々長、田中梅吉。

以上の各氏の、挨拶、祝詞があった後、お待ちかねの民族芸能が始まった。

農楽演奏、チン（銅鑼）。ケンガリ（お盆の形をした薄い鉦）。チャング（長鼓）。プッ（太鼓）。四楽器を奏でながら舞台に現われる。「シュッシュッポッポ」「シュッポッポ」蒸気機関車が会館をガンガン響かせながら、すぐ目の前に迫ってくるような錯覚を覚える。舞台は十名ほどの人が、先にあげた楽器を鳴らしながら、体を左右に揺すりつつ、輪をつくりながら進んだり、向かい合って呼びかわすしぐさをして、すれ違って行く。演奏しながら客席の方へも降りてきて通路を通るので、おのおのの楽器の音がひとしお大きく響く。観覧席は、大いにわいた。

「農楽」と「サムルノリ」は同じような物であるが、「サムルノリ」の方がいくぶんテンポが早く、心を浮き浮きさせるリズム感があった。「サムル」とは四つの物のことであり、「ノリ」とは遊ぶの意味である。四つの楽器を奏でる人がいろいろと思い思いに遊びながら、演じるのがサムルノリである。楽器の他に「サンモ」という帽子のような物があって、帽子の頭に回転式のリボンや長い紙ひもを付けた物がある。今回の公演にはサンモを着けた踊りはなかったが、色鮮やかなタスキをかけて、楽器を鳴らしながら頭のサンモをクルクルまわす情景は、とても綺麗で大変すばらしいものである。四十何年か振りで民族芸能の農楽、サムルノリを聞いた。遠い祖国を遥かに想い浮かべながら聞いた。懐しかった。私が朝鮮にいた少年時代をふりかえってみると、秋の収穫の時には、必ず農作物の収穫を感謝して、今日演じられたような農楽を演じながら、村々を練り歩いたものである。私はまだ幼かったので、楽器を持つことはできなかったが、村々を練り歩く大人たちの後を、どこまでもどこまでもついて行ったものだ。「マダン劇」（庭劇）、ものの本によれば一八九四年に、朝鮮東学党の農民が即興的に芝居をつくり、歌や踊りも取り入れて、庭で演じたのが「マダン劇」の始まりだということである。李朝時代の朝鮮は非常に封建的だったから、貧しい農民の願いはなかなか政治に反映してもらえず、いつも権力に押さえつけられていた。今なら農民が直接役場へ陳情に出向くだろうが、当時としてはそれが許されなかった。そこで政治への不平、不満を芝居にぶっつけて演じたのがマダン劇であり、正面きって政治を批判することができないので、いろいろの仮面を着けて、政治や権力者を風刺し皮肉って演じたのであった。

今日演じられたマダン劇は、朝鮮で古くから語りつがれてきた民話の中から選ばれた。「ウリハラボジ」（私のお祖父さん）という作品の一つで、朝鮮の民話には虎がよく出てくる。虎は人の言葉で星や月に話しかけ、人にも話しかけてきた。今日の劇では、ある母親が子どもたちに食べさせようと、一日中働いてもらったわずかの餅を持って、峠を越えようとした時、突然、虎が出てきて、餅を奪って食べようとする。母親は幼い子どもたちが家で腹をすかせて待っているから逃がしてくれるよう虎に懇願するが、虎は餅をくれたら許してやろうと言って母親をだまし、餅を全部奪い、一枚一枚着物をも脱がせて、腕、足、頭までも咬み砕いたのであった。虎は無惨な母親の惨骸を藪に投げ棄てた。道ばたの藪には笹の茎が赤く染まっていて、葉には赤い点が付いていた。村人は笹の茎が赤いのは、峠の笹が母親から滴った血を吸って育ったから、茎があのように赤いのだと、古くから語り伝えている。

私は「ウリハラボジ」の劇を聞きながら、朝鮮で貧しく育った頃のことを思い出していた。この民話は幼い時からの聞きなじみであるが、何度聞いても目頭がジーンと熱くなるのである。「ウリハラボジ」のストーリーは私の少年時代の境遇に似ていた。父は幼い私たち三人兄弟と母を残して日本に渡り、母は私たちを養うために、地主の家に雇われて懸命に働いた。夕方帰宅途中、狼と出くわしたこともあり、すごく恐ろしかったと、ずっと後になって母は私たちに話してくれた。前にも書いたが朝鮮の民話には虎がよく出てくる。虎バサミに挟まれた虎を助けたら、虎が恩がえしに宝物や食物を持ってきてくれた話、私がハラボジ（祖父）から聞いた虎はみんな良い虎ばかりだった。だが今日の劇の中の虎は、人の母親が幼い子どもたちのために餅を持って峠を越える時、虎が出てきて餅を奪い食べたのである。そればかりか母親をもかみ砕いたというのだ。残された二人の幼子は地主に売り飛ばされ、日本に出稼ぎに行った父親が村に戻ってみたら、妻や子どもたちも村にはいなかった。昔、自国を他国に奪われた悲しみや、分断された祖国を嘆く物語であり、必ず、祖国統一をなしとげようとするたくましい願望がこの劇にはもりこまれていたのである。

（「高原」一九八八年八月号）

エプロン

　目が見えないと、食事の時、着ている物をどうしても汚すことが多い。そこで私は、食卓につく前に、そでなしのエプロンを着けることにした。新しく買い替えた白地に花柄のエプロンを着けて、食堂に入って行くと、

「わあーきれい、金さんのエプロン姿、とてもすてき。そのうえ、女性用のかつらをつけたら、りっぱな奥様だわ」

「あら、ほんと、おほほほ」

と女言葉でかえす。

「金さんもなかなかの役者ね」

　もう一人の看護助手さんが笑いながら、私の手にフォークを握らす。なるほど、坊主頭ではかつらでもかぶらねば、どうひいきめにみても、主婦には見えないだろうな。

　坊主頭といえば、以前、自治会文化部主催の教養講座に、作家の李恢成《イフェソン》さん、詩人の姜舜《カンスン》さん、評論家の鄭敬謨《チョンギョンモ》さんを講師にお迎えして、講演会があった。教養講座に集まった者の多く

は、文芸愛好者であったので、三氏の講演ののち座談会に入り、会衆一人一人の自己紹介をした。私も隣にならって、自己紹介をして、短歌の結社はアララギであることを述べた。三講師は私の名前を聞いて、同胞であることがわかり、座談会が終わってから、盲人の私の手を取って、親しくお声をかけてくださったのでうれしかった。詩人の姜舜さんは、最初私を見た時に、あれ、尼僧のようだ、と直感的に感じたそうだ。もちろん、その場で言われたのではなく、お帰りになってからくださったお手紙の中に記されてあったことである。当時の私の歌に、

坊主頭のわれを見て君は恥じらえる尼僧の如しと批評しましき

がある。

私は子どもの頃から人見知りをする。はにかみ屋であったので、自己紹介の時、多分はにかむような表情をしたのかも知れない。そこを、詩人である姜さんは鋭く見抜き、恥じらう尼僧のようだった、と第一印象を手紙に書いてくださったのである。

拙著、歌集『無窮花《ムグンファ》』を読んで、ご訪問くださる方があるが、歌から受けた印象と直接私に会ってからの印象とは少し違う、とよく言われる。それは、歌からだと激しい気性の持ち主である、と想像していたが、会ってみたら、尼僧のような温厚な方なので驚いた、と私に会っての第一印象を述べられることがある。温厚そうに見えて、その実、私は歌で見られるように、頑固で気性は激しいのである。歌では、その時々の感情をぶつけて歌うので、おのずと一首一

首の歌に作者の個性が表れるのであろう。おのれの欠点も指摘されれば直していくが、曲がったことは、その場で正さねば気の済まぬ性分なのだ。尼僧のイメージは柔和である。激しい気性の私にでも尼僧のような柔和さがあるとするならば、これを今後の日常生活に生かしていきたい。

話を元へ戻すが、エプロンについては次に話す失敗もあった。いつもなら、食事が済むと食堂を出て、洗面所で口をすすぎエプロンをはずすのだが、急ぎの用事などあった時には、エプロンをはずしたつもりで、はずさずに外へ出てしまうらしい。

これは、ある夏の日の出来事である。その日は、昼食を終えて、短歌会の回覧テープを持って寮を出た。自治会事務所前の道まで行った所へ、第二センターの歌友Kさんが私の方へ向かって歩いてきた。

「金さん、かわいいエプロンをつけて、どこへ行くんだい」

と声をかけられて、胸に手をやったら、エプロンが風に吹かれて、ひらひらなびいている。

「あれ、はずしてくるのを忘れた、教えてくれてありがとう」

こう、Kさんに礼を言って、その場でエプロンをはずし、テープを持った手に握って、テープを第二センター三号棟の山下初子さん（故人）に届けて、今きた道をひきかえした。エプロン姿の私を見たのがKさんではなく、見知らぬ人に見られたとしたら、おそらく私を辱めないために声をかけることなく、にこにこしながらすれ違ったのではなかろうか。そう思うと、汗が一度にどっとふき出した。寮に戻り、握ってきたエプロンは柱にかけ、汗で濡れたアンダーシャツを脱ぎ、乾いた下着に着替えた。

人目には、おっとりしているように見えても、私は、案外せっかちなのである。でも、還暦を迎える年齢になってきて、そのようなせっかちの面は、少しずつ減ってきたように思う。そのかわり、今度はひどく忘れっぽくなってきた。例えば、昼の軽食に大福と果物が出た時、一つ食べて、後の一つは食卓のひき出しに入れておくのであるが、果物好きの私は、果物を食べることが多く、入れておいた大福をつい忘れてしまうのである。それを看護助手さんが見つけて、

「あーあー、金さん、大福が青くカビているよ」

と言われ、

「あ、食べるのを忘れた」

「物忘れするお年でもないのに」

と言って、笑いながらカビた大福を残飯桶に捨ててくれた。それからは、看護助手さんが食卓の引き出しを開けてみて、傷みそうな果物や菓子類があると、傷まないうちに食べるように、と教えてくれる。ありがたいことだ。

「金さん、このエプロン、着てみてくれない。二、三度使っただけだけど、私の身体には少し窮屈なのよ。金さんは身体がスマートだから合うのじゃないかと思って、持ってきてみたの」

そう言って、私の腕にエプロンのそでを通して、首の後ろの方でボタンをかけてくれた。私にぴったりである。エプロンには、四、五歳ぐらいの女の子が白いエプロンを着けて、水の入

ったたらいを前にして、水遊びをしている涼しそうな絵が染め抜いてあるそうだ。看護助手さんからいただいたエプロンを着けて、今日もおいしく食事をいただいたことを感謝しつつ、食卓を離れた。

（「高原」一九八六年二月号）

パンチョッパリ

念願かなって今までの雑居部屋から新しい棟の個室に移ってきた。引越してきたのは十一月十日、霜が降りてすごく寒い朝だった。それでも運ばれてきた品々を自分の気の向くままに手探りでかたづけていくうち、ガラス戸越しに日光が部屋の中に差しこんできて、体がポカポカと暖かくなってきた。

四畳半の部屋の中は壁よりに一メートルほどの暖房器のラジエーターがあり、茶箪笥や机を置く板の間が幅四十五センチ、長さ一・八メートルほどあり、そのほか靴置きがあるので、四畳半といっても部屋はずいぶん狭いものであった。

寮舎は十二の部屋に仕切られた、いわゆる十二軒長屋であり、幅一・五メートルほどの裏廊下はこの第一不自由者棟の中央廊下まで続き、廊下の右側はガラス戸二枚入りの非常口があり、トイレ、洗面所、食堂の順に並んでいる。前廊下は部屋ごとに仕切られた幅の狭い廊下で、小さな玄関がある。ガラス戸四枚がはまった南向きの、日差しのよい部屋である。寮の名はここへ引越してきた寮友の合意により、春駒寮と命名された。

キリストの聖画は自ら抱え来て部屋の正面に高く掲げたり

十二畳半の部屋に三人が共同生活をおくっていた頃は、録音テープを聞くにも他に迷惑をかけてはいけないと、イヤホーンを耳に当てなければならなかった。友人や郷里から身内の者が訪ねてきても、いつも同居人に対して気を使っていた。

心の支えとしてキリストを信仰する者にとっては、時には声を出して祈りたいこともあるが、周囲に気兼ねしてそれができなかった。

この部屋に移ってからは誰に気兼ねすることもなく、ゲッセマネのキリストの聖画を部屋の正面に掲げ、聖画の前にひざまづいて、声を上げて朝夕の祈りをささげている。録音テープも今までのようにイヤホーンで聞くのではなく、適度の音で楽しむことができる。盲人会のテープライブラリーから自分の好きな文学書や歴史書のテープを借りてきて、気の向くままに聞いているが、個室のありがたさを今さらながら感謝し、毎日喜びに満たされている。

壁には韓国の風景のカレンダーをかけて部屋を飾った。

移り来て本名を名告《なの》り本名の木の新しき表札を打つ

新棟に移ってきたのは一九七〇年（昭和四五）の秋であり、この年に歌集『無窮花』を本名で出版することになった。そこで二十四年間使い慣れてきた金山光雄という日本名を捨てて、本名の金夏日に戻った。歌集に正確な生年月日を載せる必要があり、韓国から戸籍謄本を取り寄せた。謄本を開いてみると確かに私の名もあり、生年月日は一九二六年九月五日と記されていた。朝鮮戦争以来消息を絶っていた兄たちが大邱に無事生存していることも、謄本を取ってみてわかった。

兄は太平洋戦争で家を焼かれ財産を失い、体一つで妻子三人と、やはりこの戦争で夫を失った義姉とその子どもたちをつれて、韓国へ引き揚げたのであった。三年ほどのちに迎えにきた兄に伴われ母も帰国した。韓国へ帰ってから幾年も経たずして朝鮮戦争が起こり、また激しい戦火の中に巻きこまれたのである。朝鮮戦争の直前、日本から父の死を知らせると、折りかえし兄からも母の死を知らせてきたが、戦争が始まってからはこちらの手紙も届かなかったし、兄からの音信も途絶えた。おそらく戦争の犠牲になったのであろうと、あきらめていたが、こうして兄たちの無事を知ることができたのは、大きな喜びであった。

戸籍謄本を園の事務分館に持っていき、楽泉園へ入園した頃に届けた生年月日と合わせてみたら、謄本より二歳も年が多くなっていた。

戸籍謄本取り寄せてみればわが齢記憶より二歳若くなりおり

事務分館の生年月日を謄本と同じように訂正してもらうと共に、その日から本名に戻ったことを手続きしてもらった。事務分館より医局の各科に連絡がいき、カルテにも本名と正しい生年月日が書きこまれた。

本名に戻ってからのしばらくは、名前の呼び方に寮友たちや職員の方たちもとまどいを感じられたようで、なかなか正確に読んでもらえなかった。「金山金さん」などとチャンポンに呼ばれたりしたが、今ではほとんどの人が金さんと読んでくれるまでになった。名前には韓国音の「キムハイル」とふり仮名もしてあったので、診察のおりなど先生からキムハイルさんと気軽に声をかけられてうれしかった。旧友の中には道で出会った時に、遠山の金さんと声をかけられることがあり、驚いて問いかえしてみると、当時のテレビドラマの主人公にならったのだと言う。今でも時たまそう呼ぶ友人もいる。

『無窮花』は新聞にも、いくつかの短歌雑誌にも取り上げられ、身にあまるおほめの言葉もいただいたが、次のような批評もあった。『無窮花』には社会主義国の北朝鮮を称えて歌い、資本主義国の南朝鮮を支持して詠んだ歌もあって、著者はいったいどちら側に立って歌を詠んでいるのか判然としない。思想がない。どっちつかずの歌が目について、歌集全体が迫力に乏しい、などなどである。

私たち在日同胞の間ではパンチョッパリという言葉をよく使っている。パンチョッパリとは半分日本人という意味である。日本人でもなく、韓国人でなく、朝鮮人でもない。どっちつかずの中途半端な私のような者を言うのであろう。もとより無学の私に思想などあるはずもなく、ただ当時としては南を支持すれば北を敵対することになり、そうすればそれだけ祖国統一が遠のくのではないか。そのような懸念があって、北も祖国、南も祖国という、私なりの立場で歌を詠んできた。

『無窮花』にも載っているが、私は日本の永住権を取り、家族たちが南朝鮮にいる関係上、国籍は韓国に置いた。新聞や雑誌での批評は謙虚に受けとめて、これから作歌する上で大いに参考にしてゆきたい。私が本名の金夏日に戻ったのも、パンチョッパリと言われる中途半端な生き方を捨て、真の朝鮮人としての誇りを持った生き方をしてゆきたかったからである。

一九三九年、十三歳の時父を頼って日本へきたのであるが、まったく日本語がしゃべれない私にとって、一日も早く日本語を覚えて友だちを作り、早く日本人になりきりたいということで一所懸命であった。今こうして異国の療養所で日本人の寮友たちと寝起きを共にし、日本語ばかりしゃべっていると、母国語はいつのまにか忘れ去ってしまい、祖国から同胞が訪ねてきて話しかけられても、うまく母国語で受け答えができないのである。

園内に開講された朝鮮人学校に短期間であったが学んだこともあり、そこでハングルの基本を覚え、朝鮮語の点字を習得して、点字の新約聖書ぐらいはどうやら読めるようになった。しかし聖書の場合は、日本語の聖書と読み合わせると言葉での解釈はどうにかできるが、他の雑誌や難しい本になるとまるっきり読んでも意味がわからない。そこで夜九時二十分より十分間、ラジオ韓国（ＫＢＳ）の日本向け放送に韓国語講座があり、これを聞いて朝鮮語を学んでいる。これには、一つ一つの言葉に対して日本語の解説があるので、覚えやすい。ラジオ番組にはこの他にも、「文化の香り」や「玄海灘に立つ虹」、韓国の歴史や昔話、ニュースやニュース解説などがあるのでたいへん勉強になる。毎晩八時から九時半までこのラジオを聞いて寝につく。

（「解放教育」一九八二年十二巻五号）

しあわせはいつ

去年の二月号だったと思いますが、「高原」誌に歌集『無窮花』の広告を載せていただきましたところ、多くの方々より『無窮花』の予約をいただきました。初版の三百部はすでにみなさまご存知の通りでありますが、再版の五百部もほとんど出てしまいまして、現在私の手元にごくわずかの部数を残すのみとなりました。ここにご報告申し上げますと共に、ご支援、ご協力くださいましたみなさまに心より厚くお礼申し上げます。

ここ一年間、私宛に届いた書状を今読みかえしておりますが、その中に去年いただいた年賀状が幾枚かあり、次のように書かれてありました。

謹んで新春をお喜び申し上げます。

良きお年をお迎えなされたことと思います。歌集がご出版の運びになりました由、心からお喜び申し上げます。ご出版になりましたら一部ご送付ください。代金はその時にご送金いたします。なにとぞ一層のご健詠をお祈りいたします。

宮崎正一（アララギ会員）

謹賀新年。谺（雄二）君より歌集発行の計画が進んでいることを聞き、喜んでいます。発行の際には一冊お願いします。

松本　馨（元少年寮々父）

年賀状の中に歌集の予約をいただきましたので特別なる喜びを持って、これらのはがきを読みかえしました。このほか代金前払いの歌集予約をいただきました。また荒垣外也先生のお世話で潮汐会員の方々より多額の寄付金もいただきました。

疲労で倒れて病床にふせっていた時でもありましたので、それぞれがどんなにかありがたくうれしかったことか、今でもその時の喜びを忘れることができません。財布のそこをはたいて有り金全部と寄付金を合わせ、歌集出版費用に当てました。「ほしがりません勝つまでは」太平洋戦争中こんな言葉がはやりましたが、私は歌集出版計画を始めて以来、好きなチーズも買うことをやめました。

当時、不自由者棟の個室に移って間もない頃でしたから、どうしても必要な部屋の備品を買わなくてはなりません。これまで使い慣れた録音機を一時手放したこともありました。少しでも長もちさせようと思うと皮肉にも身の回りの品などよけいに傷むような気がします。少し切れかかったシーツが、いよいよボロになってしまい、付き添いさんに、

「シーツがずいぶんボロになりましたよ」

と言われてからもうだいぶたちます。それでもなかなか替える様子がないので付き添いさんがとうとう見かねて、

「自分の物が余分にあるから持ってきてあげましょう」

と言って翌日新しいのを一枚持ってきてくれました。その時の喜びはなんと言ってよいか、たとえようもありませんでした。

歌集『無窮花』を本名で出したため、これを機会に以前使ってきた金山光雄をやめ、本名の金夏日に改めました。今後とも宜しくお願いいたします。

歌集に自分の略歴を書くため外国人登録証を開いたところ、それに本名と通名と両方書かれてあり、年齢も二つばかり多くなっていました。本籍地の欄には住所の文字が一つ脱落しておりました。四年ごとに作りかえられるためいつのまにか文字が脱落したりまちがいが生じてきたように思います。さっそく本籍地より戸籍謄本を取り寄せ正しく書き直してもらいました。それ以来年齢も二つ若くなったと喜んでいます。

最近、私の他にもぽつぽつ本名に切りかえる同胞があるとか聞きます。生活していく上に特別な障害がない限り本名に切りかえた方がよいのではないのかと思います。

本名を呼ばれることによって自分がいつも朝鮮人であることが自覚できるからです。私たち在日朝鮮人の間で中途半端な人間をパンチョッパリと言います。長年異国で日本人寮友とともに日本語ばかり取り交わしておりますと、自分の国の言葉はいつの間にかだんだん忘れられていきます。

国から同胞が訪ねてきて母国語で話しかけられても容易に受け答えもできない始末。最近南北朝鮮の統一をめざして方々で活発な運動が進められておりますが、これにもあまり関心を示さない在日朝鮮人も少なくないようです。私もつい最近までそのような者の一人でした。それではいけないと思い、苦心をして学んだ朝鮮語の点字を時たま取り出して読むようにしておりま す。祖国統一の日が一日も早く実現できるよう短歌を通し、文章を通してできるだけ広く訴えていきたいと思います。

金重みわ子様より次のようなお便りがありました。

昨年学校の教師連中がわが家に集まり、

「いったい我々は朝鮮人の生徒にどうなってほしいのか」

について遅くまで話し合っていました。結局生徒がいろいろな矛盾、たとえば北と南に分けられている矛盾、生徒たちが日本にいるという矛盾などに気づき、統一朝鮮に向かって行くことだということになりました。しんどいけれどがんばって生きていてほしいということにとどまらず、わからなくとも教師は生徒の指導者とならねばならないんだそうです。みな難しいと頭を抱えこんでいました。私の主人の担任クラスには七人の朝鮮人の生徒がいるので主人は、

「ううん」とうなっていました。

福地幸造先生からの手紙の中には、

東京で日立製作所の入社試験を受けた朴鐘碩《パクチョンソク》君は、在日朝鮮人であるという理由だけで不合格だった。その朴君が来宅し、一泊してゆき、いろいろ話合い、そのおり金夏日さんにぜひお会いしろと強く勧めておきました。

との手紙でした。

朴鐘碩君よ。君にとっては大変なことであったろうが、へこたれずよりいっそう幸せをかちとる日までがんばってください。私が本名の金夏日に戻してから、一年あまりになります。二十何年間も使ってきた日本名の金山光雄の名は容易に消えないようです。長い療養生活で私は身体の障害やら、毎日の生活の中でさまざまな困難なことも多くありますが、自分の置かれた位置を認識し、朝鮮人としての誇りを持って生きていきたいと思います。

（「高原」一九七二年五月号）

あれから十年

旧七号棟東から現在の七号棟東へ引っ越して、今年で丁度十年になる。引っ越しを直前にして、私は体調を崩して寝込んだのを思い出す。

七月上旬のことであった。毎日計る体温は三十七度を少し越える微熱が続き、全身にひどいだるさを覚えた。食欲がなくて食べてもすぐ吐き気を催し、たびたび吐いた。座っていて立ち上がろうとすると、ぐらっとふらつき眩暈を覚える。医者から卒倒する危険があるから静かに寝ているよう厳しく言われていた。それでも「高原」や「アララギ」に出す歌稿の締切日が近づくと、起きて代筆を頼みに盲人会館へ出向いて行く。

「金さん顔色が悪いですよ、真っ青だわ。大事にして下さい」

と労りの言葉をかけて、歌稿を書いてくれた。

その頃、内科に久保利夫先生が赴任してきたので、早速診察を受けた。私の顔色を見てただならぬ病気とみたのか、「精密検査をしてみてから薬を出しましょう」とおっしゃってくれた。

翌日から検尿検便検査から始まり、血圧測定、レントゲン透視、胃カメラを呑むなどの諸検査が実施された。来る日も来る日も検査攻めである。検査の結果は、その都度内科へ呼ばれて先生から説明を受ける。胃カメラに見る検査では、胃の壁に大豆大のポリープが六つもできていて、そのうち三つは皮が破れ出血していたということである。その出血が毎日便に混じって出ており、血圧は最高が百以下で、尿にもかなりの異常が見られたという。レントゲン透視ではポリープは発見できなかったとのことであった。

毎日便に胃からの大量の血液が混じって出たのだから、かなり重い貧血状態であったのであろう。食事の後たびたび吐いたのも、胃にできたポリープのせいであり、立ち上がる時、眩暈があったのも、ポリープのせいであることが判った。病名も糜爛《びらん》性急性胃炎とのことである。久保先生の診察により、早速たくさんの薬が配薬されてきた。

やっと病名がわかり、薬を服み始めた頃、突然降ってわいたような引っ越し騒ぎである。荷造りを友人に頼んでおいたのだが、旅行に出ていてまだ戻ってないという。でも引っ越し手伝いを約束してくれていた友人を差し置いて、ほかに依頼するのはためらわれた。隣では引っ越しの荷造りでドタンバタンにぎやかだ。安静にしているよう言われているが、荷造りの音を聞くと、やはりじっとして寝てはいられない。そうっと起きて立ち上がってみる。軽い眩暈を感じた。一旦臥し所に戻って気持ちを鎮める。細かい物はできるだけ自分の手で箱に詰め込んでおきたかった。再び立ち上がってみる。大丈夫、何とかやれそうである。本棚から点字本を一冊ずつ取り出してダンボール箱に詰めていく。舌読した多くの本が著しく黴《かび》ている。開いてみて黴臭いのは全て捨てた。それでも点字書を入れたダンボール箱が三つもできた。

気がつくと全身が汗びっしょりである。箪笥からシャツやパジャマを出し、汗を拭いてから着替える。夢中になって本を詰め込み一段落したのだが、全身に疲れを感じ臥し所へ倒れこんでいた。少し無理な作業だったのか、夕方計った体温は三十八度を越えていた。

その後も体温が下がった時には、細かい物を少しずつ詰めた。大きいのは補修日（週に一度、各々が自由に職員に頼める日）に職員さんに箱に詰めてもらい、どうにか引っ越し準備は出来上がったのであった。

日頃、電気機具などで世話になっているオオクマデンキさんに荷物運びをお願いした所、快く引き受けてくれて、引っ越し当日の午前中、茶箪笥、机、冷蔵庫、テレビなど大きな荷物をトラックで運んでくれた。部屋正面の板の間に茶箪笥を据え、テレビ、冷蔵庫なども全てきちんと取り付けてくれた。有難かった。

午後は治療棟の各科の職員が残りの荷物を運んでくれたのであるが、部屋に廊下に無造作に投げ込まれた荷物を、それぞれの場所へ納めるのがこれまた大変な仕事であった。自分で持ち運びできない物は、舎の職員さんや、引っ越し手伝いに来てくれた友人に押し入れに押し込んでもらい、細かい物は自分で使いやすい所へ、一つ一つの品を確かめながら納めていく。こうして部屋に散らばっていた荷物は片付いた。部屋を掃き出してもらい座布団に座り、やっと引っ越しを終えた実感を覚えた。音声時計のボッチを押すと午後四時だった。「食事ですよ」の声がかかり、食堂へ行ったのだが、疲れ切って御飯が喉に入らない。お茶だけをいただき、部屋に戻ると敷いてもらっておいた臥し所へ入り、その夜はぐっすり眠れた。

翌朝、起きようとしたら体の節々が痛み起きることができない。私は自分から先生に頼んで病棟へ入室させてもらったことも忘れ難い思い出の一つである。

こうして原稿を書いていると、十年前の様々な出来事がつい昨日のことのように思い出されてくる。ポリープを見付けてもらえなかったなら、私は既に十年前にこの世を去っていたことであろう。命を救ってくれた久保先生はより高い医療を目指して、現在遠く外国へ行っている。助けてくださった先生の恩に報いるためにも、体を大事にして一日も長く生き長らえていきたい。そして先生が出してくださっていた青と白の粉薬は、田中園長先生が引き続き出してくださっているので、私は感謝しつつその粉薬を服み続けている。

（「高原」一九九三年六月号）

第五章　朝鮮足袋《ボソン》

年金

黄那《ファンナ》さんはときどき原因不明の高熱を出しては病棟にかつぎこまれていた。その日も突然熱を出して入室した。呼ばれて私は、黄さんの病室へと急いだ。「もしや」の不安が先に立ち足が思うように動かなかった。病室に入って、

「黄さん」

と声をかけたが返事がない。苦しそうな荒い息づかいだけが波うって聞こえる。やはり異常なのかな、一瞬不吉な予感が頭をかすめた。息づかいのする方へ二、三歩進んでいって耳をすませた。ペンを走らす音が聞こえた。紙に何かを書きつけていた。良かった、心の中でそっと胸をなで下ろした。

「おっ、きてくれたかい。書き物をしていて気がつかなかった。金君すまないがこれを郵便局へ持って行って、すぐ打電してもらってくれや」

そう言って書き上げた何枚かの電文を私に持たせた。国の援護金を求める要請書である。黄さんは協親会（朝鮮人の会）の会長をしていた。

「打電してきます」

こう言い残して足早に病室を出た。この日から私は黄さんの使い走りが始まる。七月は国の予算編成期であり、厚生省、大蔵省、各政党へ向けて生活援護を求める要請電をじゃんじゃん打電した。日に二十通ちかく打電することもあり、電報代が大きくかさむので不自由者地区に居住する同胞から応分のカンパを寄せてもらい、そのカンパで打電活動を続けた。打電活動と合わせた要請書、嘆願書も、厚生大臣、大蔵大臣宛に送り続けた。陳情書はすべて黄さんが書いた。

日に何回も黄さんの病室に足を運んだ。私は盲人であり、自分では書くことができないので、黄さんが書いた陳情書をせっせと郵便局へ運んで行って発送した。だが残念なことに黄さんは入室してからも絶えず高熱にさいなまれて、とうとうペンを持って陳情書を書くことができなくなってしまった。これまで陳情書いっさいを黄さんに書いてもらっていただけにショックだったが、この日から陳情に関するいっさいの活動を私がひき受けて、差別されている者の惨めさと怒りをぶっつけて、ひき続き盲人会館で書いてもらって送り続けた。

この頃、全国十三のハンセン病療養所に入所している七百名からなる我々朝鮮人の組織、在日ハ氏病患者同盟が結成された。ハンセン病患者同盟の代表十数名が国会へと出向き、処遇改善を求めて、座りこみも辞さない覚悟で直接陳情を行っている。陳情項目としては、

1　外国人療養者に対する差別待遇をやめる。

年金

2　年金法を改正して外国人ハ氏病療養者にも年金法を適用させよ。
3　早急に年金法の改正が難しければ、改正できるまでの間、身障年金に準ずる生活補助金を支給せよ。

これに合わせて、全国各療養所の同胞が国会へ向けていっせいに陳情活動を展開した。いっぽう私たちは本国の代表部にも五項目からなる強い要求（生活保護金月千円、慰問演芸、同盟維持費等）をしてきた。

年金のことについて、もう少し詳しく話しておこう。一九五九年に国民年金法なるものができ、ハ氏病療養所にも年金法が適用されたが、私たち外国人療養者は年金法適用からはずされたことを聞いた。

「そんなばかな」

こうつぶやく私に、盲人会の世話係の一人が全患協本部から届いた書類を持ってきて年金に関係した所を開いてその記事を読んでくれた。確かに所内の外国人療養者は年金対象からはずすとはっきり記されている。愕然とした。年金法を適用してくれるよう、全在園者と共に運動してきただけに裏切られたようで心にわりきれぬしこりが残る。全身の力が一度に抜けてしまったような何とも言いようのないむなしさを覚えた。国のハンセン病隔離政策により、療養所に収容させられ、療養しているのだから、ハンセン病療養所に年金法が適用されれば外国人療養者にも当然、年金法が適用されることを信じて疑わなかったのである。まさか、外国人だからといってはずされるとは思ってもみなかった。

福祉年金を受給して日本人寮友の服装は見違えるほど良くなった。同じ居室に寝起きを共にしながら一方は暖かい電気毛布にくるまり、片方は湯タンポで寝床を温める。食べ物にしても年金受給者は炊事から出る物のほかに、バターや鶏卵をたくさん買いこんで栄養をとるが、私たちは炊事から出る物だけで足りるとしなければならなかった。

このように年金を受けている者ともらえない者との間に大きく貧富の差が生じた。次に記すのは一友園での出来事である。

療養所にきてまでこのように差別を受けるとは思わなかった。長く生きすぎた。これ以上生き恥をさらしたくない、惨めすぎる、そう言って運ばれてきた食膳を押しかえした。食堂にいたほかの朝鮮人同胞も食事することを拒否した。各管理者へ連絡が行き、不自由者センターの婦長、園の幹部方が食堂にかけつけてきた。センターの婦長が食事をとるよう彼らを説得したが断固として受け入れなかった。

ことの重大さは患者自治会から園内放送で在園者に伝えられた。全患協本部からも全国の各園へこのことを流した。当園自治会からもこの事件について園内放送で在園者に伝えた。私もその放送をこの耳で聞いた。多くの在園者もこのことに強い関心を寄せた。差別問題につき東京で火がついたのがきっかけとなり、くすぶっていた怒りがそっちこっちの療養所で次々と火を吹いた。当園でもくりかえし園長との懇談を持った。懇談を持つについては各種団体はもちろん、自治会が先頭に立って私たちを激励し在園者に呼びかけて多額の支援カンパまでもおこなってくれて処遇改善を要求した。けれど園側はいつも逃げ腰で誠意が見られなかった。協親会だけではだめだ。全国組織を作ろうということになり直ちに栗生から全国各療養所の同胞の会に呼びかけた。我々の呼びかけに応じて全国組織が結成された。

その結果、さる一九六〇年の五月十二、三日駿河支部において、各支部代表者会議を持つに至るまで発展した。さらに同盟本部を栗生におき駿河支部での決議にもとづいて栗生支部を足場に五月二十六日、代表団が国会へ直接陳情に出発したのである。こうして懸命に陳情活動を続けたからこそ、全在園者一律に障害年金一級と同額の自用費と称する給与金が支給されるようになった。

ふりかえってみれば、この闘いを通して多くの成果があった。第一に私たちは団結を固め、直接自分の口で各関係当局に強くアピールし、各支部にも在日外国人ハンセン病患者に対する新たな認識をもたらした。第二に日本国政府の社会保障における戦前戦後一貫した在日外国人排除政策に対して断固として抗議した。

それにしても悔やまれるのは、病の床にありながら陳情活動を導いてくれた黄さんがこの成果を見ずして他界されたことだ。黄さんは脊髄ガンで一九七七年に死亡した。今、黄さんの墓前に立って、一九八一年、年金法における国籍条項が撤廃され我々外国人にも年金が受給されるようになったことを報告し、生前、運動を導いてくれたことを感謝する。

（一九八九年　七月三十一日）

声

秋季運動会に選手宣誓をしてくれるようにと、第一センターA婦長さんから声をかけられた。

「いや、私は大きい声が出ませんので」

と辞退したのであったが、

「マイクを持ってあげるから大丈夫よ」

と婦長さんに強く勧められて結局選手宣誓することをひき受けてしまった。

運動会の三日前のことである。発声練習をしてみようと、短かくまとめた宣言文を持ってつつじ公園下の谷へ杖で探りながら下りた。木の実をいつばむのかヒヨドリがたくさんさえずっていた。

「宣誓、日頃の運動を生かして元気一杯競技することを誓います。選手代表、金夏日」

第一声を上げた。意外に大きい声が出た。自分の発した声が谷の向こうの山にぶつかり大きな谺《こだま》となって返ってくる。何回か発声練習をくりかえした。

「よしこれでよい、マイクの前で上がらなければこの程度の声で充分だ」

と自信が持てた。

これまでの私はただボソボソとしゃべっていたように思う。

電話で人に話しかける私の声は、女性の声によく間違えられた。声だけでなく容貌までもである。顔が小作りで女性用の眼鏡をかけるので、よけい女性のように見られるのかもしれない。丸刈りの坊主頭なので、尼僧みたいとからかわれることもしばしばである。

そして、大勢の前に立ってあいさつすることや話をすることが大の苦手であった。それにもまして音痴の私は、宴会の席で歌うのがいやで何度逃げ出したいと思ったことか。こんなひっこみ思案の私が運動会で選手宣言をしてからは、がらりと性格が変わったのである。

運動会当日、今にも雨が落ちてきそうな曇り空であったが、会場からは雲を吹き飛ばすような軽快な音楽が流れていた。看護助手さんに手をひかれてグランドに入って行くと、

「金さんには選手宣誓をやってもらうからこっちです」

と、看護助手さんからバトンタッチの形で運動会進行係の人が、私を観覧席とは反対のテントに案内してくれた。

そこにはすでに小林園長先生がお見みえになっていて、やがて藤田自治会長もやってきた。私は特別席に案内されて何となく落ちつかなかったが、藤田会長がかたわらに腰かけて何かと話しかけてくれたので、いくぶん緊張がほぐれた。やがてファンファーレが鳴り、司会者の開会宣言、園長先生のあいさつ、自治会長のあいさつと進み、いよいよ私の番である。マイクの前に立った。

「宣誓、日頃の運動を生かして元気一杯競技することを誓います。選手代表、金夏日」

思いきり声を張り上げた。観覧席からどっと大きな拍手が起こった。上がるのではないかと案じていたが、発声練習の成果があったのか、不思議に上がらなかった。宣誓を終えて白組の自分の席に戻ると、

「ご苦労さん、選手宣誓、張りがあっていい声だった」

とか、

「金さんの声ではないみたい、男らしいいい声だった」

と、観覧席のあちこちから私へのお賞めの言葉が飛んできた。

私は改めてしくじることなく思いきり声を上げて宣誓できたことに、ほっとした安堵感を覚えた。競技は体操から始まり、玉入れ、リレーによる品物当て、組合わせの順に進み、これらの競技に私も参加した。パン食い競争が始まった時点からポツポツ雨が落ちてきた。雨足が激しくなってきたので予定の競技種目は大幅に省くことになったが、パン食い競争用のパンがかなり残っているので、パンがなくなるまで雨の中で続けられた。寮に戻ってからも、

「金さんの選手宣誓よかったよ」

「上出来だったよ」

と、寮友から賞められた。とってもうれしかった。

ボソボソとしかしゃべらない私が、あのような大きな声で宣誓したことが、寮友には意外に思えたらしい。

この年、楽泉園の私たち在日韓国人・朝鮮人による文集『トラジの詩』を出版した。新聞にも大きく取り上げられ、NHK第二放送よりの取材訪問があった。アナウンサーのインタビューに応える私の声が、ラジオの電波にのって全国に放送された。私にとって運動会のことといい、文集出版のことといい、昨年はいろいろな意味で実りの多い良い年であったと思う。

あんなにひっこみ思案で人前で歌うのがいやだった私であったが、今は自分から進んでアロエ歌謡教室に出向いて行って、カラオケを習っている。習い始めの頃のことである。「男人生茨道」という歌を歌ったら仲間の一人が、

「金さん、運動会で選手宣誓した時のように大きな声で歌え。この歌は音程が高いから思いっきり声を張り上げなくちゃだめだ」

と喝を入れられ、思いっきり声を張り上げた。

「それ出るじゃないか、出せば声が出るのだからその調子で歌ってごらん」

と言われた。それ以来、教えられたように大きな声を腹から出すように練習している。

「金さん、大きな声が出るようになったたな」

と賞められると、それが励みになり、ますます意欲がわいてくる。今ではカラオケが一つの楽しみである。

これからも作歌に励むかたわら、腹から声を出す健康法として、また楽しみとして、大いにカラオケも歌ってゆきたいと思っている。

（「高嶺」一九八八年五月号）

朝鮮足袋《ボソン》

冬服をとり出す行李に五年前母が縫いたる朝鮮足袋出づ
母思うよすがにわれは朝鮮足袋穿いてみてまた行李にしまう

湯から上がって着替えを出そうと思い、行李の中を手探りしていくうちに手に触れた物を取り出してみると、それは母が手縫いの朝鮮の足袋であった。この日は園の中央会館で映画が上映されており、看護人さんも同室の寮友も晴眼者はみんな映画を見に行って部屋には私のほかに誰もいない。

そこでさきほどの足袋を手探りで両足に穿き、部屋の中をそちこち歩いてみた。病魔に犯されて知覚を失った私の足に、綿入れのふかふかとした温かみが伝わってくる。それは母のふところにでも抱かれているような心持ちであった。

袷に着替えて朝鮮足袋はまた元の行李へしまった。庭土手の草中で蟋蟀がしきりに鳴いている。

朝鮮では誰でも還暦がすぎると、いつかは自分が入らねばならぬ棺箱を買っておくのだ。棺箱はその家の生活能力を表すと共に、わが家にはこれほどに親を思ってくれるりっぱな子がいるのだ、ということを意味するものとして、ことさらに豪奢な物をつくるのだ。棺箱がそうであるように、あの世とやらへ旅立つ時の衣装もあらかじめ作っておくのだが、若い人が死んだ場合には親戚の者が集まり、白麻の反物を裁って足袋を作り、ひとそろいの着物を作る。葬式を立派にやってのけるには財産の半分はふっとんでしまうという。棺は一週間家の中に置かれ、この間あちこちの親戚を呼び寄せる。棺の前に三度三度ご飯を盛って供え、遺族が集まって式文を読み、

「アイゴーアイゴー」

と声を上げて泣くのだ。

私が朝鮮にいた頃、おばあさんの棺箱を見たが、板の厚さが十センチぐらい、幅と高さが六十センチ、長さが百八十センチぐらいのりっぱな物である。鏡のようにぴかぴかしたすごくがんじょうそうな棺箱がおばあさんの枕元にすえられてあった。その頃私は幼い子どもであった。同じ年頃の従弟たちとおばあさんの部屋に入ってはずいぶんいたずらをしたものだが、棺箱の上に上がった時などおばあさんに長い朝鮮キセルで叩かれることもあった。

母が私に足袋を縫って持ってきたのは私が療養所に入って三年ほどしてからである。右手の指のちょっとした傷から黴菌が入り、それがもとでひじまで腐りこみ、重病棟にあえぐ身となったのである。生鰯のひき裂かれた物のように、幾ヶ所もメスの入れられた腕を支え、傷つい

たこの腕に限りなく愛情を感じた。

「ここから切断したほうがいいんじゃないんですか」

「いや、今やったら危険でしょう」

と二人の医師が私の腕の傷口を治療しながら言う。ずきずきうずく鼓動音は、私の生命を刻むものに響いた。

治療を受ける度に、傷口からの出血がひどく、ガーゼを当てがわれながら意識不明に陥ったこともしばしばあった。身体中煮えかえるような高熱にせめられ、東京から母がかけつけてきてくれた時には、もう口もきけなくなっていた。母は私の頬に顔を押しつけ、

「ハイル、ハイル」

と泣き叫んだ。

「右腕を切断するから」

と外科医の矢島先生が母を呼び寄せたのである。母は文盲であった。チョゴリを着た母の背中に「群馬県草津温泉行き」の文字を書いた紙が貼られてあった。駅名を母が読めないからである。落語に出てくる話みたいであるが、これは本当のことである。草津駅に着いた母を同胞会会長の黄那《ファンナ》さんが出迎えた。楽泉園に着いた母は、矢島先生に、

「ハイルの腕を切断しないでください」

とすがって頼んだ。

私の右腕は黒ずんで血の気がほとんどない。それでもその私の腕を母は抱きかかえて、切断

しないようにと先生に懸命に頼んでいる。当時は腐り止めの良い薬がなかった。ペニシリンもまだない時代であった。ひじの傷口から、腕のつけ根までリバノールガーゼを差しこんで、治療する方法しかなかった頃である。傷の腕を冷やす氷もなかった。冬、雪室に詰めこんでおいた雪をバケツで運んできては、氷嚢につめて腕を冷やしてくれた。今のような職員看護ではなく、軽症の患者が重症の病友を看護していた時代である。看護人が運んできたバケツの雪は午前中一杯と午後一杯だけである。氷嚢の雪がとけてしまってもそれ以上は取り替えてもらえなかった。母がきてからは、バケツの雪がなくなると、母が雪室へ行ってバケツで雪を運んできて、せっせと腕を冷やしてくれた。母の「ハイルの腕を救いたい」の思いが通じたのか、死んだように黒ずんでいた右腕が徐々に血の気がさして色も良くなり、傷もぐんぐん治り始めた。

手の傷が一つずつ癒えていくのを見て母は、

「良かった、良かった」

と言って喜んでくれた。

「この足袋は、お前にもしものことがあった時、穿かせようと思って持ってきたのだが、もうそんな心配はないから冬になったら穿きなね」

母はそう言ってふろしき包の中から白い朝鮮の足袋を出して、私に触らせてから行李にしまってくれた。

第二次世界大戦後、解放された朝鮮へ多くの同胞は帰って行ったが、父と母は私がこの療養所に入所しているので、東京に居残り、仕送りをしてくれた。あのいまわしい戦争に長男をうばわれ、家財を失い途方にくれていた矢先、朝鮮で農業を営んでいる兄から、両親に帰ってくるようにと再三手紙がきた。もちろん私からも帰って行くように進めたが、両親は帰国しなかった。療養中の私をただ一人日本に残しては、何としても帰国する気持ちにはなれなかったのかもしれない。

私は楽泉園にきて本病のほかに目は神経痛で潰れ、関節炎や熱こぶも病んだ。今度はもう助からない、と思ったが、何かが自分を殺さなかった。自分にはまだしなければならない仕事が残っているのだ。

近き日に帰国をせんと会いに来し母の白髪のいたく目立ちぬ

（「高嶺」一九六〇年二月号）

山下初子さんを悼む

山下さんの突然の逝去にビックリした。亡くなられる二週間ほど前に、山下さん宅へ招かれて行き、寿司、天ぷら、ビールなどを沢山ごちそうになった。ごちそうを頂きながら、久々に心ゆくまで短歌を語り合い、山下さんが新年に入ってから詠まれたという何首かの歌を聞かせて頂き、私の歌も聞いてもらって、互いに遠慮のない批評を行ったのである。
山下さんはお子さんやご主人を詠まれた歌に、優れた歌がたくさんあるように思う。

子が来れば何をしてやらん花豆をかけしコンロがことこと音す　　山下初子

山下さんに初めて出会ったのは、高原短歌会の湯の平方面への吟行会の時だった。初めて言葉をかけられた時、園の看護婦さんかと思ったほど、美しい声をしておられた。家にも遊びにくるようにと言われたので、それ以来たびたび山下さんを訪ねた。ご主人が回覧の短歌雑誌や文芸雑誌を読んでくれた。こうして二十年あまりの交際が続いたが、山下さんご夫妻からずいぶん多くのことを学んだように思う。これも短歌が取り持つ縁だったと感謝している。

吉川、山下ご夫妻は数年前火事にあわれ、自由地区の鳥ヶ丘より不自由者棟第二センターに越してこられた。山下さんは目が不自由な上に高齢でもあり、越してきた当時、ずいぶんとまどいも多かったことと思われる。私が山下さんを訪ねて行くと、台所が狭いこと、流しが狭くて使いづらいこと、食堂が遠いので、出かけて行くのがつらいこと、部屋が日当たり悪くて寒いことなどを、いつも口癖のように、悩みを訴えていた。私はそうした訴えを聞くたびに、切なく感じたものだ。私のような体の不自由な者にも頼りにして、いろいろな悩みを訴えてくれるのだが、何一つ力になってあげられず、自分を歯がゆく思ったものである。

高原短歌会の月一回の歌会は、不自由者棟第一センターの集会場で開かれるが、それに出席する時は、ご主人の吉川さんに手をひかれ私の部屋にきてくれ、ご主人は帰って行かれる。私の部屋から山下さんを私が集会所まで案内して行く。目の見えない者同士が腕を組んでよたよた歩いて行く姿が、人目にはたぶん滑稽に見えたことであろう。

高齢の山下さんは腰も少し曲がっていて、小柄であった。歌会が終る時間をみはからって、ご主人が私の部屋へ奥さんを迎えにきてくれる。こういうことがずいぶん長い間続いた。荒垣先生を迎えて歌会がある時は、午前にひき続き午後もあるので、昼食を私の所で一緒に取ることもあった。私の部屋へきて、歌のことやいろんな話をするのが、何よりの楽しみだと言う。

私が本名に戻ってもう十年になるが、山下さんはなかなか私を本名で呼んでくれない。

「昔から呼び慣れた金山さんの方が親しみがあってよい」

と、ずっと金山さんと呼んでいた。「アララギ」の回覧テープを届けに行くと、
「先月号の「アララギ」には三首載っていましたね、良かったね」
と言って、自分のことのように喜んでくれ、一首の時は、
「今月号は一首しかなかったわ、がんばってね」
と励ましてくれる。母のようなやさしさ、暖かさがあった。時には電話で、「金山さん、この歌どう思う」と、いくつかの歌を言って、私の意見を求めてくる。八十歳というお年なのに、いつも熱心に勉強をしておられ、その作歌意欲には強く感心させられた。

山霧に頬は冷たくぬれながら一つの傘に夫に添いゆく　　山下初子

一月二十七日の朝、臥所から半身を起してご主人に話しかけた時、急に苦しみだして息絶えたという。白くたくさん雪の降り積もった朝のことであった。

今年の一月十二日、山下さんに招かれて、短歌を語り、新年の抱負を語ったのが最後となってしまった。山下さんのしっとりとした美しい声で、今も「金山さん」と、呼びかけてくれるような気がする。

長年のご厚情を感謝しつつ、山下さんのご冥福を祈った。

（「高原」一九八一年六月号）

縫いぐるみの犬

一九六三（昭和三十八）年二月、私は、腸の手術を受けるために内科病棟より外科病棟の個室へ移された。その年は例年になく積雪が多かった。現在の鉄筋コンクリート建ての病棟はまだできていなかった。老朽化した木造の病棟の天井には雨漏りの染みが数多く見られるという。屋根の雪解け水が天井板に落ちては音を立てている。真上の天井でもポタポタポタと断続して音を立てている。幸い私の寝床には落ちてこなかったが、ベッドの周りは足の踏み場もないくらい水滴のはねかえりで床板が濡れていた。

主治医がかわりレントゲン透視、血液検査等再度の精密検査の結果、腸の癒着のほかに胆のう、肝臓にも疾患があるということで、手術は当分見合わせ、肝臓と胆のうの治療をすると、医師から告げられた。私の頭の中を瞬間、癌、それも手遅れという思いが走った。以前ラジオの健康の時間で聞いた喉頭癌の症状は、食物が喉の奥にひっかかっている感じでいつも重苦しいのが特徴だということであった。

私の喉もその喉頭癌の症状とひどく似ていた。医師は癌疾患に直接病名を告げないのが原則とかいう。手術の取り止めも手のつけられない癌症状のためだったのではないのかと思った。私は心の不安に立ちむかうように、癌ではないか、と主治医に尋ねたのである。主治医は癌ではない、腸の癒着のために喉にもそうした症状が起こるのだ、と言って私の質問には一向に取り合おうとはしなかった。

私は回診の度に主治医にすがるようにして手術をお願いしたが、なかなかうんとは言ってくださらなかった。体の恢復を手術にかけていた私に手術の延期は打撃であった。突き上げるような下腹の激痛、喉をしめつけられるような苦しさにいつまで耐えてゆかなければならないのだろうか、主よ、一刻も早くみもとに僕《しもべ》をひき取ってください。個室で一人悶え苦しんでいた時、Yさんが見舞ってくださったのである。私は思わず涙を流してしまったのである。

「あらあら、どうしたの。男の人が涙なんか流しちゃって、おかしいわ。金さんはクリスチャンでしょう。弱気を出しちゃだめよ」

とYさんは笑いながら私の頬をぬぐってくださった。そして、

「私たちキリスト信者は、いつ、どこで、どんな境遇に置かれてもイエス様がご一緒です。救い主イエス様を信じておすがりするのよ。そうすれば金さんの手術だってきっとうまくゆくと思います。イエス様の大船に乗ったつもりで気を大きく持って一切をおゆだねしなさい。午後の勤務に就く時間だから帰るけれど、元気を出すのですよ」

Yさんはそう言い残して足早に病室を去って行かれた。Yさんは当時不自由者センターの婦長をしておられた。また福音教会に所属する熱心なクリスチャンであった。病室に入る前もた

びたび私の所へきては何かと相談に乗ってくださったり、信仰上の短かい読物なども持ってきてくださっていた。

何回目かの回診の時、主治医は手術をしようと言われた。二時間にも及ぶ手術だった。体力の関係からか全身麻酔はかけられなかった。メスを当てられる痛みよりも、腸をひき出される痛みの方がはるかに強烈であった。その頃米ソの人工衛星打上げ競争が盛んで、よく無重力という言葉を耳にしていた。手術中しばしば意識が遠退き、すーっと体が浮き上がるような状態に襲われた。もしかすると無重力状態とはこんなものかも知れない。またキリスト教でいう昇天するというのも、こんな風に天に召されて行くのだろうかとも思った。やがて麻酔がよく効いて手術が終わったのも、病室へ運ばれたのも全く覚えていなかった。

何時間経ったのだろうか。気がつくとベッドの傍に誰かいる気配がした。

「どこか痛むの、苦しいところは」

と声をかけてくださったのはYさんであった。痛くも苦しくもないけれど体が動かないと私が言ったら、

「そうね、昨日の午後手術したばっかりだから、まだ麻酔が効いているのよ。手術はうまくいったそうですよ」

と言われた。Yさんは夜勤の暇を割いて私の病室へきてくださったのである。昨日までの苦しみは今はなく夢から覚めたような気持ちであった。Yさんはそれから後、勤務が終わると必ず私を見舞ってくださった。缶詰や果物で口に合いそうな物を選んできてはその汁を飲ませてく

ださった。また信仰の話をしては私を力づけ励ましてくださったのである。手術後の経過は順調であった。二週間で抜糸、三週間を過ぎた頃からトイレへも一人で行けるようにもなった。こうして順調な恢復もYさんが一生懸命励まし祈ってくださったお蔭だと今も感謝している。

「金さん、気分はいかがですか。昨日高崎教会へ行っての帰りに金さんの恢復記念にとお土産を買ってきたんですよ。何だと思いますか」

とYさんが箱から取り出して渡してくださったのは縫いぐるみの可愛い子犬であった。

頬に触れる毛並みは柔らかくふかふかした感じであった。腹と顔半分、足などは白で、首と頭半分、それに背中はピンク色だとのことだった。腹を押すとワンと声を出す。頭を指で押すと首をひっこめ、放すとポンと頭を上げる。首にはピンクの蝶ネクタイを締め、小さな鈴を付けていて赤い小さな舌をペロンと出して行儀よく坐っているというのである。見舞いにきてくれた人たちも犬の腹を押してはワンワンと鳴かせて私を喜ばせてくれた。

昨年私はYさんのお招きで高崎のお宅に二晩泊めていただいた。Yさんの運転する車で高崎観音や高崎公園等を案内していただき、楽しい二日間を過ごさせていただいた。そのおり、Yさんが挿木したという沈丁花の一鉢を記念にもらってきたが、その沈丁花が今年は三つも花をつけ豊かな香りを漂わせている。Yさんはすでに当園を退職されている。現在は近くの心身障害者施設に勤務されているとのことである。Yさんにいただいた縫いぐるみの犬は私の部屋の茶だんすの上のガラスケースの中で、ピンクの蝶ネクタイを締めて今も私を見守ってくれている。

（「高原」一九七八年六月号）

リハビリ

足首が思うように動かないため、園長先生に診ていただいたところ、自転車のペダルを踏むように勧められた。ペダル踏みはさっそくその日から始めた。翌日より、さらに気泡浴、歩行訓練も行うことになって、午前午後と毎日リハ科通いである。日常、リハビリテーション科をリハ科と呼び慣れているので、以後もリハ科と書いてゆくことにする。

寮よりリハ科に通ずる連絡廊下は百メートルぐらいであるが、垂れ下がった重い足をひきずって歩く私には、とてつもなく長い長い廊下のように思えた。足もとのわずかな出っぱりにつまずいては、幾度転んだことか。廊下の手すりにすがりながら長い時間をかけてやっとリハ科にたどりつくと、

「金さん、ご苦労さん、よく一人でこられたわね、疲れたでしょう」

と看護婦さんが暖かいお言葉をかけてくださり、私を抱きかかえるようにして、両足を湯の中に入れてくれた。

気泡機のスイッチを入れる。ブクブクと湯にたちまち泡が立ち始める。湯が波立って大きく

左右に揺れる。湯舟の縁から湯に投げ出していた両足が湯の動きに従って左右に揺らぎ、たよりなく浮き沈みをくりかえしていた。なえた足が無数の泡に刺戟され、機能を恢復させるものであろうか。気泡浴の後、足にオリーブ油を塗りマッサージしてもらうと、今度は自転車のペダル踏みである。自転車に乗る時間は十五分であったが、湯に浸って温まった後だけに、ペダルを踏み終った時には全身汗びっしょりであった。

午後は歩行訓練である。医局の廊下が午前中は人の往き来が激しいので、歩行訓練は午後に回された。ひっそりとした廊下のすみから鈴を転がすような蟋蟀の声が聞こえる。看護婦さんが私の両腕を持っていっちにい、いっちにいと号令をかけながらの歩行訓練である。まれに廊下を通りかかった人が、

「金さんは看護婦さんと手をつないでデートですか。いいね」

と私をからかって行くこともある。昔の廊下はいくつかの坂があって、長い廊下を何度も往き来して歩行訓練をするのだが、坂にさしかかった時には爪先が上がらないので、なかなか足を前に進めることができない。無理に爪先を上げようとすると、ズズッと後退りして尻餅をつく始末であった。苦痛を感じて、つい弱音を吐くのだが、そのつど、看護婦さんが、

「だめよへこたれちゃ、ここで投げてしまったら、今まで積み重ねてきた機能訓練は、また元へ戻ってしまいます。つらくてもがんばらなくっちゃ、機能訓練は誰のためでもない、金さんご自身のためですからね」

このように看護婦さんは言って、ともするとくじけそうになる私を励ましてくれた。

午前より爪先軽く上がるとわが手を取りて励ましくるる

午前午後、リハ科に通って三ヶ月ぐらいは経ったであろうか。機能訓練を重ねてきた成果があって、足首がある程度動くようになり、爪先もかなり上がるようになってきた。廊下につまずいて転ぶこともなくなったので、気泡浴と歩行訓練はしなくてもよくなった。機能訓練を導き助けてくださったリハ科の理学療法士を始め、看護婦さん方に心より感謝している。気泡欲と歩行訓練はしなくなったが、自転車のペダル踏みは今も続けている。

朝八時半になると、私はリハ科へ出かける。リハ科はほかの科よりも幾分早く戸を開けてくれるので、ありがたい。自分好みの自転車に乗れるので、私はこの時間帯が一番良いようだ。自転車は五台あって、横並びに三十センチぐらいな間隔で西向きに置いてある。正式な呼び名は自転車運動訓練機とのことである。自転車は固定されていて、前の車輪だけが回転する仕組みになっていた。ハンドルの中心に速度計、距離計が付いていて、ペダルを踏む力によってメーターに数字が表れるのである。

私に割り当てられた時間は十五分間であるが、懸命にペダルを踏んでも、私は時速四十キロを出すのがやっとである。人によっては、三十分も乗るので、長野原まで行ってきたとか言って時速六十キロ近く出す人もいる。五台とも人が乗っている時には、さながら、競輪選手がスタートラインに並んでいるような、さっそうたる姿に見えるそうである。

今日は立秋、朝からからりと晴れわたってさわやかだ。白い水蒸気を吹き上げる白根山がすぐ目の前にくっきりと迫って見える。次々と大型の観光バスが走る。固定された自転車に乗っている自分も、いつしか観光バスの後ろからペダルを踏んで走っているかのような錯覚を覚える。

私が治療用の運動機ではなく、普通の自転車に乗り始めたのは十三歳の時であった。家には自転車が二台あって、父と長兄が毎日、通勤用に使っていた。次兄と私は、近くの食品工場に歩いて通勤していた。工場は近いから歩いて行ってもよいが、夜学に通う私は、学校まで歩くと三十分もかかるので、どうしても自転車で通いたかった。そこで私は、父と長兄が夕方仕事から帰るのを待って、自転車乗りの練習を始めた。長兄のコーチにより一月くらいで、どうにか自転車に乗ることができた。

しかし、十三歳といっても体が小さく足が短かいので、自転車に腰かけたままではペダルには足が届かない。仕方なく、立ったまま自転車の股に右足を入れてこがなければならなかった。練習中に自転車もろとも転んでずいぶんけがもした。その時に作った傷痕が今でも体のそちこちに残っている。習い覚えた自転車に乗って学校に行けた時のあの夜の喜びは、四十年あまりたった今でも忘れることができない。

初夏から夏にかけて、着ているYシャツに風をいっぱいはらませながら、平らで広いアスファルト道路を自転車で走って行くさわやかさは格別である。生意気に両手をハンドルから離してこいだこともあった。自転車を習い始めた頃のことや、機能訓練を始めた頃のことを思い出しながら、今日も懸命にペダルを踏んでいる。

（「高原」一九八七年六月号）

笑み

介護員さんに物を頼もうとするのだが言葉が出ない。ああ、うう、くらいは言えるけれど言葉にならぬ。身振り手振りでどうにか用事は頼めたものの、何だか変だ。口が思うように開かないのである。唇の締まりが悪く、口に入れた物がポロポロこぼれ、着ているものを汚した。

汚るればすぐその場にて拭き取れるビニール前掛け今日より使う

口だけでなく、眼の開け閉じもうまくできなかった。左の眼は半開きのままである。左眼が乾燥するのか充血して痛い。表情筋が働かず、笑っても怒っても全く無表情だそうだ。眼が吊り上がり、口は左への字に歪んでいる。副園長の渡邊先生に診て頂いたところ、顔面神経麻痺なのでしばらくの間リハ科で低周波をかけてみるように、とのことであった。それからは毎日リハビリテーション科通いである。

低周波左の頬にあてがいて暖まり来れば眠気催す

低周波から始まり、顔面マッサージ、眼の開け閉じ訓練、頬ふくらまし訓練、発音練習、これらのことを順々に行ってゆくと、午前半日はたっぷりかかる。眼の開け閉じは十五回繰り返し、少し間を置いてまた十五回繰り返す。初めは動かそうとしてもぜんぜん筋肉が動かなかったのだが、理学療法士が眼のふちに指を添え、動きを助けてくれるので、瞼が少しずつ動き、半月後には眼の開け閉じがかなりできるようになってきた。

閉じぬ眼もどうにか閉じる下瞼開け閉じ訓練積み重ねきて

午後三時からのラジオ放送『あなたの健康家族の健康』を聞いていたら、ある人が私と同じ症状をラジオドクターに訴えていた。後頭部に帯状疱疹（ヘルペス）ができ、やがて顔が浮腫み、表情筋が働かなくなったという。眼の開け閉じもうまくできないことや、口が歪んでいることも私とそっくりである。発病しすでに九ヵ月が過ぎたという。電話による患者の訴えに対し、ドクターは次のように話していた。

「帯状疱疹は症状が出た初期段階で、早急に薬で押さえてしまうことがぜったい必要である。時期を逸してしまうとヘルペスに使う薬がなかなか効かない。あなたの場合は初期段階で治療をするのが手遅れだった。ウイルス菌が顔に広がり、菌に冒されて顔面麻痺になったのである。

結果的症状をここで取り上げても仕方ないので、係りつけの先生の指示に従い、薬を服みながら気長に治療することである。一国の総理大臣だってヘルペスで歪んだ顔や口を国民にさらして、テレビで堂々と演説している。顔が醜くなったからといって家に引っ込んでいないで、できるだけ外出し、人との交流を持つことも大切である。家族や友人たちとできるだけ話をするように努め、時には大きな口を開けて笑うことも大変大切なことだ。笑うことにより麻痺した筋肉を動かすからである」

とドクターは言った。私はドクターの話を聞き、勇気百倍にして毎日リハビリテーション科へ通い、顔の筋肉を動かすためのリハビリに励んだ。

御指がわれの唾液に汚るるも厭うことなくマッサージし給う

麻痺した唇から絶えず涎が垂れている。涎で濡れた口のまわりをマッサージしてくれるのも理学療法士であり、唾液で濡れた唇をつまみつつマッサージしてくれるのも理学療法士である。頬ふくらましや、唇を尖らせるのも、手を添えてくれたからこそできた機能訓練であった。他人の唾液に指をベトベト濡らしながら懸命にマッサージをしてくださる。いくら職業とはいえ、時には吐きっぽくなるような気持ちに陥ったこともあったに違いない。そうしたいやな素振りは一度も見せず、いつも優しく言葉をかけて接してくださる。有難いことだ。

にっこりの表情つくるもリハビリとリハビリ科に通いリハビリ励む

今日もにっこりの掛け声に合わせ、にっこりを繰り返している。にっこりを十五回繰り返し、少し間を置いてまた十五回繰り返す。自分では満面に笑みを湛えてにっこりをするつもりなのだが、表情には全くにっこりともしないという。それでもたまにはどうにかにっこりらしいにっこりができるらしく、「そうそう、上手上手」と褒めてくださる。褒められれば更に励みにもなり、リハビリ室から自室に戻っても、にっこりを繰り返すのである。

「金さんどうしたの、一人でにっこりを繰り返して、気でも狂ったのかい」

そう言って私を覗きこんでゆく人もいる。

以前、当園薬剤師だった宮越義次郎先生が筋ジストロフィーに罹り、顔面麻痺と言語障害に苦しんでいたことを思い出す。病名は違うが症状が先生と似通っているので、先生も多くの苦痛を克服しつつ、私のようにリハビリに励んでおられたことと思う。先生御生前のおり、リハビリの体験談を聞かせて頂いたことを思い出しながらリハビリに励んでいる。

懸命にマッサージをして頂いたお陰で、唇の麻痺がとれ、涎も垂れなくなった。表情筋も大分動くようになり、にっこりも普通に近いにっこりができるようになってきた。満面に笑みを湛え、感謝できる日が一日も早く訪れることを念じつつ、リハビリに毎日励む私である。

（「高原」一九九五年一月号）

マイク握れば

　病気で倒れて、カラオケを歌えなくなって久しい。再起は無理のようだ。買っておいた多くのカラオケテープは友達にあげたり、古いテープは整理して全部捨てた。どのテープも愛着があって捨て難かったが、思い切って捨てた。それでも道中物のテープは幾つか手元に残した。これとても結局は歌うことなく捨ててしまうのであろう。しかし、「おしどり道中」は内田よしさんとデュエットで歌った歌であり、楽しい思い出のテープなので、いつまでも大事にしまっておきたい。

　これまで歌ってきて、一番歌いやすくて好きだった歌は「旅笠道中」である。歌詞の内容も人情味の深いしみじみとしたものであり歌詞の主人公になりきって歌うことができたように思う。合羽に三度笠姿で一度歌ってみようと思ったのだが、その夢も今はかないそうもない。どっちかと言えば女形の私であるが、歌う歌は村田英雄が歌うような男っぽい男歌が好きである。「王将」とか「人生劇場」「男の花吹雪」などが好きだ。下手の横好きと言えようか。とにかく私は股旅物を歌うのが好きであった。園の療養祭で「大利根月夜」を歌ったのが最後だったと思う。あれから三年余りの月日が流れた。

この間、薬を飲みながらリハ科に通い、マッサージや機能訓練、発音練習を続けていたのであるが、顔面神経麻痺はなかなか思うように良くなってはくれない。中でも日常生活で一番不便なのが、発音が思うようにできず看護助手さんに用を頼むにも、自分の言葉が相手に通じないことであった。その度にじれったくもどかしい思いを抱いた。懸命にリハビリを続けてきて、この頃やっと自分の喋ることが相手に通じるようになった。それが何よりも嬉しい。

看護婦さんから先生の診察を受けるようにと言われ、診察を受けた。「イー、ウーを言ってごらん」と先生に言われ、「イー、ウー」を言ってみた。「おお、良くなったじゃないか。口の筋肉も良く動くし、発声も良くなったよ。薬を止めてしばらく様子を見よう」と言われた。「先生有難うございました」私はこうお礼を述べて耳鼻科を出た。顔に多少の強張りはあるものの、先生から良くなったと言われると、やはり嬉しい。

廊下を行く足取りが軽い。来週からはあの苦酸っぱい薬は飲まなくて済むのだ。「金さん嬉しそうだな、ニコニコして、何か良いことがあったのかな」向こうから近付いてくる友人のKさんに声をかけられた。「うん、良いことがあったよ」短く友人に答えて通り過ぎた。

寮に戻るとカラオケでも歌ってみたい気分になってきた。テープをカセットコーダーに入れて回してみるが、音が出ない。長い間使わなかったから、カセットコーダーのスイッチやボタンが錆びているのであろう。何度かガチャガチャとスイッチやボタンを鳴らしているうちにテープの音が出てきた。「大利根月夜」が入っているテープだった。歌ってみるのだが、最初のうちは全く歌にならない。それでも何回か繰り返して歌ううちに、何とか歌らしくなってきた。マイクをつけて歌ってみようと思いついた。壁の手提げ袋に入れてあったマイクを看護助手さんに出してもらうと、マイクは埃を被ってひどいそうだ。いっぱい埃を被ったマイクを看護助手さんが綺麗に払って、カセットコーダーへ差してくれた。歌う自分の声を録音に取って聞いてみようと思い、収録用テープもセットしてもらった。一曲を歌っては聞き直してみる。歌っていくうちにだんだん声は出るようになったが、バ、オ、ツの音が今一つはっきりしない。発音練習のつもりで何度も何度も繰り返して歌う。どうにかバやツの音も少しずつ澄んだ発音になってきた。これなら歌える、淡い自信が胸の内からわき起こってきた。

その日は午前十時から夜の七時半まで、食事の時間を除いて、カセットコーダーにかじりついて歌い続けた。何回も取り直した歌を翌日看護助手さんに聞いてもらい批評を仰いだ。「良いんじゃない、発音もそう気にならないよ。もっと歌い込んでメリハリやこぶしが加われば良いと思うよ。頑張ってね」と言ってくれた。それからは毎日三十分くらいずつカラオケを歌って発音練習をした。

十月十二日、点字競技会が開かれた。私も何年ぶりかで出席した。点字読者も老齢化して出席者は少なかった。手元に配られた「県からのたより」を数行ずつ、競技の形で回し読みが行われた。病気してしばらく点字に触れなかったのに、結構ほかの仲間と負けないくらい読み取ることができた。私は舌読であるが、久しぶりに点字を読むことができ大きな喜びを感じた。競技会の後、茶菓を頂きながらカラオケとなった。私は「大利根月夜」を立って歌った。盲人会のマイクを握るのも随分久しぶりである。ずっしりとした感触を覚える。「金さん、リズム感が戻ってきたな。良く声が出ているよ」と皆に誉められ嬉しかった。

今は「旅笠道中」を歌っている。あの時、カラオケテープを全部捨てなくて良かったと思う。手元にある道中物のテープを精一杯歌いながら、いつかまたマイクを握って舞台に立って歌うことのできる日を夢見ている。

（「高嶺」一九九六年一月号）

カスマプゲ

　どの県人会でも得意な隠し芸を持つ人が一人や二人はいるようだ。わが同胞の会でも優秀な芸人が一人いた。小野喜十郎さんである。彼は声帯模写が得意であった。テーブルの前に立つとパタパタパタとテーブルを叩いて、鶏の羽ばたく音を出し、おもむろにコケコッコーとやるのである。続いて名古屋コーチン、犬の鳴き声、郭公の声などの順に続く。中でも郭公の鳴き真似は得意中の得意であった。盲人会の催しや、年に一度の同胞親睦会には声帯模写をして、大いに会を盛り上げてくれた人である。

　その小野さんが一月一日に逝去された。九十一歳という高齢ではあったが、催しの際には物真似の名人として、小野さんが舞台に立つと、「待ってました、小野さん頑張れ」の声援が飛び、大変な人気者であった。

　一月二十五日、福祉会館で同胞の会の親睦会が行われたが、人気者の小野さんの姿はない。御存命であったなら、今年は酉年であり、得意な鶏の鳴き真似が聞けたのにと思うと残念でならない。

親睦会の余興に「歌え」と言われて、私は「旅笠道中」を歌った。調子はずれの音痴の見本みたいなものであるが、おだてられて幾つか歌った。そこへいくと木村重夫さんは、日本の歌であれ韓国の歌であれ、何でも歌いこなせてうまい。祖国の民謡や歌謡曲はすべて母国語で歌うのには感心した。私は韓国の歌をほとんど忘れているのに、木村さんは韓国語歌詞をしっかり覚えていて歌い上げるのだから、実に見上げたものである。だが木村さんにして一番から三番まで歌えるのはごく僅かで、ちゃんと歌えるのは一番だけがほとんどであった。取り寄せた郷土料理をつまみながら、遠い祖国を語り、木村さんのリードで若い頃歌った母国の歌を歌い、結構盛り上がった親睦会であった。

最近、韓国演歌が日本で多く歌われている。昭和三十年代頃、菅原都々子が「連絡船」や「トラジ」「アリラン」を盛んに歌っていたことを思い出す。

ある日、治療棟の廊下を歩いていたら、後ろから私を呼ぶ人がいた。看護婦のNさんである。「金さん、韓国歌手が日本語で歌っているカスマプゲ、あれいい歌ね。私もカラオケで歌ってみたいんだけど、歌詞にもカスマプゲが三ヶ所出てくるのよ。カスマプゲってどういう意味なの、教えて」と言う。一瞬返事に困ったのだが、「カスマプゲ、直訳すれば胸が痛むという意味です。恋人との切ない別れを歌ったものです。」私はこのようにお答えしたように思う。ちなみに「カスマプゲ」の歌の一番の歌詞を記してみよう。

海が二人を引き離す

とても愛しい人なのに
波止場を出て行く無情の船は
カスマプゲカスマプゲバラボジアナツリ
会いたさに会いたさに泣けてくる

これを歌ったのは女性歌手だったのだが、歌手の名前がどうしても思い出せない。日本の歌手では美川憲一が「カスマプゲ」を情緒たっぷりに歌っていたのを覚えている。日本語で歌われている韓国演歌には、歌詞のどこかに韓国語の一節が必ず入っているようである。

こうした演歌のせいかどうかわからないが、日本各地にハングル講座が開かれ、日本中ちょっとしたハングルブームだそうだ。日本の友人から「ヨボセヨ、アンニュンハセヨ」と韓国語で電話がかかって来て、びっくりすることしばしばである。「ヨボセヨ」は日本語の「もしもし」であり、「アンニュンハセヨ」は「お元気ですか、こんにちは」の意味である。ハングル講座で学んだハングルを、直接私に実験してみるのであろう。私もテープでハングルを勉強している。母国語も使わないとどんどん忘れてゆく。時には韓国語を職員さんにいきなりぶつけてみたりする。「ウユジュセヨ」と言って腰かけると、「はい」と言って、暖めた牛乳パックをテーブルに置いてくれる。「わあすごい、介護員さん韓国語知っているんだね。韓国語でウユジュセヨと言ったら牛乳を持ってきてくれたんだもの」と言うと、「あら牛乳って言ったんじゃなかったの。牛乳のこと韓国語でウユと言うんですか。では改めてウユどうぞ」と言って、オホホと笑う。私もつられて笑った。

韓国人だから、韓国のことを何でも知っているように見られているらしいが、実際は故国のことほとんど知らないのである。そのような私に、「金さんあのね、結婚おめでとうを韓国語で何と言うの。私ね、友人の結婚式に韓国語で挨拶したいのよ。教えて」とくる。さあ困った。こんな時カスマプゲではないが、チクッと胸が痛むのである。知らないとは言えないから、同胞の会の会長さんに、結婚式挨拶の言葉を教えてもらい、受け売りの形でお伝えした。結婚式から帰られたNさんの話によると、教わった通り挨拶したら、新郎新婦に大変喜ばれたとのことであった。どうにか責任を果たし得たことに、大きな喜びを感じた。

私は演歌が大好きであり、テレビやラジオで歌番組があれば、ダイヤルを回してかかさず聴いている。韓国演歌もしっかり聴いておくのを忘れない。音痴だが、腹から声を出す健康法としてカラオケも歌うのだ。道中物を好んで歌うので、「股旅の金」などと呼ばれている。三度笠に脇差姿が好きだ。上手に歌えるようになったら、道中姿で「旅笠道中」をいつか歌ってみたいと思う。

（「高嶺」一九九二年五月号）

第六章　祖国へ帰る願いかないて

河田さんの握り飯

一昨年の春だったか、全生園から河田新作さんが訪ねてきてくれた。その前の年も親善交流で奥さんと一緒にきてくれたそうだ。ところが私が楽泉園にきて名前を変えていることを知らずに、もとの名前を言って訪ねたら、そういう人はいませんと言われ、仕方なくそのまま帰ったという。

「今度はここの名前を確かめてから、君を訪ねたんだよ」

と言って、にこにこしながら持ってきた土産を持たせてくれた。

「でもあの時は、君が不自由舎にいることを知っていたし、この人はいません、と言われてもあきらめきれず、靄が立ちこめる不自由者地区を尋ねていったよ。まあまあ会えてよかった」

としきりに言った。思いがけぬ友の来訪と、温かい友情に接して私は思わず目頭の熱くなるのをおぼえた。

「全生園も矢島園長になってからずいぶん変ったよ。楽泉園と同じように健康のある人は労務外出に行っているし、自家用車まで持っている人もいるんだ。このように挙げていけばきりがないが、君も来年は親善交流で多磨へきてみると良い。来年はきっとこいよな」

と静岡訛りで語る河田さんの話しぶりが懐かしかった。

元来病弱な私は旅行など思いもよらなかったが、河田さんの訪問をうけ、古い友だちのことや、今の全生園のもようなどを聞かせてもらい、熱心な河田さんの勧めもあって、私もぜひ行ってみたいと思うようになった。そして、今度、多磨親善交流団の一員となって全生園を訪れることができた。

全生園への親善訪問は今度が初めてであるが、全生園は私が少年時代をすごした所であり、学び育った所でもあるので、私には二十数年ぶりの里帰りでもある。

当時全生園で学んだこと、学校友だちのことなど頭に浮かべているうちに、親善団のバスは全生園に着いた。大勢出迎えにきていた。盲人の私は付き添人に手をひかれながら、一番後からバスを降りた。

「夏日君じゃないか、僕、金山だよ。よくきた、よくきた」

と手を取ってくれたのは親友の金山一郎さんであった。奥さんも一緒にきていて、

「眼が不自由なのね。よくきてくれました」

と言ってかけ寄ってきてくれた。私は二度までも草津の私を訪ねてくれた河田さんの声を探したが、見つけることができなかった。そこで私は、

「河田さんはきてないんですか」

と一郎さんに尋ねた。

「河田さんはついこの間亡くなったんだよ、脳溢血で急にな。わしらもあまり急だったのでびっくりしてしまった。まあまあ、疲れているだろうから……」

一郎さんご夫妻は、私を抱えるようにして宿舎の方へ案内してくれた。園当局が私たちのために歓迎会をもってくれ、園長の矢島先生からねぎらいの言葉をいただき感謝であった。

宿舎は婦人会館であった。私は身体が不自由なのでさすがに疲れ、風呂にも入れていただき、その夜は早めに床についたが、真上を絶え間なく飛ぶ飛行機の爆音で、なかなか寝つかれなかった。

翌日は少年時代に世話になった寮父さんや全生学園の先生方をお訪ねしたところ、先生方もみんな、

「よくきた、よくきた」

と言って喜んでくれた。

二十数人もいた学友の大方は社会復帰をされたり、亡くなられたりして幾人もいなかった。山下道輔君だけには会うことができたが、少年時代の記憶しかないので、言葉をかけられても二十数年経った現在の山下君は、当然のことながら声変りしていて、声を聞いても誰だかわからなかった。

ただ河田さんにお会いできなかったのは残念だった。河田さんも生きていれば、やはり喜んでくれたに違いない。一郎さんに連れられて、残された河田さんの奥さんをお訪ねした。奥さんは眼が不自由で、ことさらに悲しそうで、何とおくやみを言ってよいやら、とまどうほどで

あった。部屋の奥には河田さんの位牌と写真がまつってある。河田さんへの土産として持ってきた羊羹を供えてもらい、生前の河田さんに話しかけるように頭をたれた。

河田さんは草津に行って私に会ってきたことや、私が今度の親善団でくることも、息をひきとる間際まで、しきりに言っていたという。河田さんや一郎さんとは太平洋戦争たけなわの頃、同じ部屋で過ごした。当時の河田さんは本病の病状も軽くて、園の炊事場へ手伝いとして出ていて、作業の帰りにはいつも大きな握り飯を持ってきた。

「これはおれの役得だよ。若い衆は腹が空くだろうから、これ半分あげるよ」

そっと私に渡してくれた。育ち盛りの時だったから、園から配られる食事だけでは腹がすいて仕方がなかった。戦争中、園から配給される物のほかは、食物を手に入れることのできなかった時代に、河田さんからいただいた握り飯の味は、今もって忘れることはできない。

（「高原」一九六八年六月号）

明日香村を訪ねて

朝鮮語でナラといえば国のことであり、ウリナラといったら、わが国のことである。奈良は歴史上わが朝鮮と昔から深い関わりのある所であり、わけても明日香には壁画で有名な高松塚あり、飛鳥坐神社、飛鳥寺、石舞台、檜隈神社等があり、前々から一度訪ねたいと思っていたところ、たまたまトロチェフさんからお誘いを受けた。さっそく神戸の福地先生に旅行計画をお伝えしたところ、梁《ヤン》先生が案内するので、是非きてくれとのご返事であった。

トロチェフさんの介添により、一九七七年十月二十五日、三泊四日の日程で、奈良、京都方面へ旅行に出た。京都駅には尼崎工業高校の金重先生が出迎えてくださり、宿舎の奈良「交流《むすび》の家」に着くと、先生のご家族、「交流の家」の飯河さんご夫妻が出迎えてくださり、

「よくきた、よくきた」

と手を取って歓迎してくれた。

もちろん、盲人の私を「交流の家」に導いてくれたトロチェフさんにも、かわるがわる温かいねぎらいの言葉をおくられたのである。トロチェフさん自身、片方（大腿部切断）の足に義

足をつけておられ、盲人の手をひいての駅の階段の昇り降りは、さぞかし大変であったことと思う。トロチェフさんありがとう。

トロチェフさんについては、もう少し書きたいのだがここでは省略する。午後六時頃着いたであろうか、外はもう真っ暗だそうだ。私たちはひとまず食堂に案内され、お茶をいただきながら、食事の準備ができるまでの少しの間休息をとる。やがて膳が運ばれ夕食をとる。膳にいろいろ並べられた中でも、トンカツ、サラダ、和え物、吸い物等は、飯河さんはじめ三名のご婦人方が腕によりをかけて作られたそうで、格別おいしかった。

食後二階の座敷に案内され、やっとほっとした気持で上着をぬぎ、ネクタイを取ってくつろぐ。二階には八畳間、六畳間、合わせて四つの部屋が並んでいて私たちの寝室は一番奥の間だそうだ。部屋の前に洗面所があり、トイレは階下にあるので、足の不自由な者や目の不自由な者は、トイレに行くのに、多少不便を感じる。

食堂の片づけもすんだらしく、私たちの部屋にちゃぶ台が出され、ご婦人たちはお茶を入れてくださる。同日偶然大島青松園の療友・桂さん、宮子さん、友人の松宮のり子さんたちが泊り合わせ、ワークキャンプの若い方も加わって、私たちをにぎやかに歓迎してくれた。ワークキャンプの方々は、以前楽泉園にもきてくださったことがあったが、先頃韓国へもワークキャンプに行かれ、定着村（ハンセン病治癒者の村）で村道を拓き、三年計画のコンクリート舗装工事に着工した話を聞き、強く感動した。金重先生、飯河さんのご配慮で思いがけぬ方々にお会いすることができ、大勢のみなさまが私たちのために歓迎会を持ってくださったことも、身にあまる感激であった。

茶話会の途中、私は一階に降りて大阪の朴秋子さんに電話をかけ、奈良にきていることを伝えた。秋子さんは身体の不自由な私が遠く旅行に出られたことを驚いておられ、大阪へも案内したいから、私の家に一晩泊ってくれるように、と強く勧められたが、金重先生と相談して改めて返事しますということで電話を切った。

部屋へ戻ると、みなさんは帰られ、ちゃぶ台は片づいて、金重先生は私の床をとってくださり、トロチェフさん、桂さんも各々布団を敷いているところであった。明日、明日香村へ案内するから、今夜は早目に寝て体を休めるように、とおっしゃって、金重先生は布団を敷き終ると、奥様やお子様がいる隣室に帰って行かれた。

翌日は快晴、明日香村へ案内してくださると、金重先生と同じ高校教師五名の先生方が、私たちとの交流のため、大阪、神戸よりかけつけてくださった。五名の先生の中、劉先生と金先生は、午後の授業があるため、どうしても出なければならず、同行をやめてお帰りになった。

私たちは谷中先生運転の車で、正午きっかりに明日香へ向けて出発した。今日は大変さわやかな秋晴れである。車窓より見る奈良市街の風景を梁先生は本職のガイドさんよろしくユーモアをまじえてガイドしてくださる。

私のイメージでは、教師と聞いただけで厳しい方と思っていたが、実際は、先生方はそうではなく、私たちにもジョークをまじえる話し方で接してくださり、車内をなごめてくださるので、緊張していた私は、ほっとした気分になれた。梁先生は尼ヶ崎工業高校で同胞生徒の民族教育を受け持っておられる。今日の明日香見学も歴史専門の梁先生が、民族史的解説をしてくださるとのことである。私たちのテープライブラリーにも、たくさんの歴史のテープがあるが、もちろん日本側から見たものであり、この民族史的解説に大きな期待を持った私である。

二時間ほどして目指す明日香村へ着く。まず飛鳥寺の飛鳥大仏を訪ねる。入場券を買って、お寺の中を案内され、鏡のように磨き上げられた床に正座すると、住職らしい年かさの和尚が大仏像の横に立ち、大仏が建ってからやがて千四百年、長い時代を超えておごそかに座っているが、後に幾度か火災にあって、補修の跡が多いと言い、現存するわが国最古の仏像であると言う。飛鳥寺は五八八年（崇峻天皇元年）蘇我馬子が作り始めた物だと言う。

老僧は、「盲人の方にいかに説明したらよいのかわからないが、この程度でわかってもらえたでしょうか」とていねいに話しかけてくれた。

堂内に陳列された数多くの発掘物を見ながら寺を出ると、昔からあったと言われる小さな池に、絶え間なくわき出づる清水の音が聞こえてくる。飛鳥寺金堂の基礎石は、石の性質、石の刻み方からして、高句麗石と言う説もある、と梁先生から補足があった。

飛鳥坐神社。山に入ると幾百年の年輪かと思われる松の大木がそびえ立ち、孟宗竹の葉擦れの音、小鳥の声もたくさん聞こえた。飛鳥坐神社は日本神道の最初の様式で、御神体は山そのもので、自ら頭のさがるような神々しさを感じる。樹下の道を進み、石段を上りきると子宝が恵まれるようにと願った、性トーテムと言われる男のシンボルを型どった大きな石が松の根方にたくさん置かれてある。触れてみると、石であるだけに冷たいが、本物そっくりで、男の私でさえほれぼれするほど逞しくりっぱな物であった。

高松塚へ行くのには義足では無理ということで予定を変更し車で石舞台に向かう。十分ほどで石舞台に着き、洞窟へ案内される。中はひんやりした冷気を覚える四畳半くらいの広さで、大きい岩屋根を支える畳二十畳幅くらいの壁岩が組みこまれている。高さは二メートルあまりもあろうか。機械力もない時代によくもこんな大きな岩を動かし組立てたものだと思う。「西国三十三所図絵」によれば「天武天皇を仮に葬り奉りし古跡なりとぞ」とある。

狭い村道を車でのろのろ走って、やっと檜隈神社に着く。参詣する人も少ないらしく、土のやわらかい参道を進み行くと、古めかしい神社が檜の大木に囲まれている。深く苔に覆われた十三重の石塔もあった。塔の屋根石は、半ばかけ落ちており、下の石は持ち去られたとのことで今は十一重である。この塔も百済から渡ってきた石工たちが、精魂こめて刻んだものかと思うと、塔の一部が持ち去られたことは、何とも残念であった。

仏教が中国から韓国を経て日本に渡り、それと同時に大工、石工たちが渡来し、檜隈村にはこれらの技術を持った多数の工人たちが住みついた。千幾百年前の人たちの築いた寺や仏像を訪ねて、いずれも、その素晴しさが深く心に残った。法隆寺に百済観音というのがあるそうだが、ここへもまた訪ねてみたい。

昨年、埼玉の高麗神社を訪ねた。千二百年ほど前、高麗一族千八百名が武蔵野の一画に遷された。渡ってきた頃は各地に分散していたが、朝廷では一地方に居ることが良いと考え、茫漠たる武蔵野を与えた。これが発展した現在の武蔵野である。つい最近まで高麗村の名称で残っていたが、いまは日高市となり、近くの高麗川だけがその名をとどめている。高麗風の構築物の一部や門柱等も深く苔に覆われ、当時の趣きをわずかに残している。

高句麗国王第二十八代の宝蔵王の時に、唐・新羅の連合軍によって、高句麗国は亡ぼされ、王とその家来たちは難を逃れ、海を渡って日本に亡命してきた。

推古天皇の十八年には、僧曇徴が渡り、同三十三年には、僧恵潅が渡ってきて、仏教文化の建設に貢献した。挽臼は曇徴によって伝えられた物である。

曇徴、恵潅の前に渡ってきた大工や石工等の建築工芸は奈良とも深い関わりがあり、それではぜひ奈良へと考えたのが今度の旅行である。

旅行日程は早や最終日となり、飯河さん、松宮さんの案内で東大寺を訪ね、奈良市街を歩きながら買物をしたり、奈良公園では鹿に煎餅を与えたりして一日をのんびりと楽しく過ごした。古都と言われるだけあって、道に出会う外国人の旅行客も多く、正に国際色豊かな奈良と思った。

大阪の朴さん宅へお招きいただきながら日程の都合でご厚意に添えず、残念であったが、幸い朴さん夫妻が京都駅まで出向いてくださって、お子さんを抱いた朴夫妻ともども駅の喫茶店に入り、コーヒーをいただきながら、久々の再会を喜び合った。

ホームで見送ってくださる金重先生、松宮さん、朴さん夫妻に滞在中お世話になったお礼を申し上げ、京都駅を後にした。

（「高原」一九七七年六月号）

コスモスと私

私たちの同窓会はこの間、多磨全生園厚生会館において行なわれた。栗生からは谺雄二君と私が出席した。乗用車で私たちを無事に全生園に送り届けてくれた横山さんも同席した。十六時開会。開会のあいさつ、経過報告等があって、一昨年逝去された牧田校長や、これまでに亡くなられた学友たちを偲んで一分間の黙祷を捧げる。

あれは一時間目の授業が終り、十五分間の休みに入った時だった。受け持ちの樋口先生が席をはずしたのを幸いに、クラスの者何人かが教室の窓際に集まり、当時霧島昇が盛んに歌っていた「誰か故郷を想わざる」の流行歌をまねしてみんなで歌った。青木君は歌のまねは特に上手だった。小声で歌ったつもりが隣の教室まで聞こえたらしく、牧田校長が私たちの教室に入ってこられ、いきなり往復ビンタが飛んだ。

「いま日本はどういう時代だと心得ているのか。米英を開いてに勝つか負けるかの必死の戦争をしている時に、教室で流行歌を歌うとはなにごとだ」

と、下顎をぶるぶるふるわせながら真っ赤になって怒鳴った。

ブルドックと牧田校長に仇名を付けたのもその時である。教室に戻られた受け持ちの先生からは殴られはしなかったが、二時間目の授業は取りやめにして、冷汗の流れるほどぎゅうぎゅうしぼられた。教室で立たされたのもこの時が初めてであった。

牧田校長が生きておられたなら、この私たちの同窓会に出席され、私たちの学園時代の想い出話をにこにこして聞いておられたことであろう。

ひととおり自己紹介が終ると、それぞれ親しい者同士がいくかたまりにも寄り合う形になり、私のテーブルにも同級生のれい子さんを始め何人かが集まってきた。

「金君久しぶり。金君は目が不自由というだけで学園時代とあまり変っていないな。体のやせているところもよ」

「そういう君はずいぶん年寄りくさい声になったなあ」

互いに遠慮なく語り合い、冗談を交し合った。れい子さんは私同様失明されておられたが、学園時代の想い出話になると声をはずませて、時が経つのも忘れて語り合った。

夏休み中の宿題だったと思う。絵というものを初めて描かされた。納骨堂付近のスケッチだった。農道より納骨堂に至る道の両側にコスモスがいっぱい咲き乱れていたのでそれを描いた。それを描いたというと体裁はいいが、学友の描くのを見ながら描いた。絵の具の溶き方も知らなかったけれど、学友たちが助けてくれたのでどうにか宿題の絵を描き上げることができた。

スケッチという言葉もこの時に覚えた。宿題の絵は学友たちと共に夏休みが終って先生に提出したのであるが、私が描いたコスモスの絵は何日かして先生からそのまま返されてしまった。自分の目でよく見てもう一度生きたコスモスを描いてこいと言うのである。一人しょんぼりとスケッチ用具を持って農園に出た。果樹園では農夫がつやつやと豊かに実ったぶどうを、ぶどう棚から切り採る作業をしていた。

先生は私だけどうしてこのように厳しくつらくばかりあたるのだろうか。私が朝鮮人児童であるからであろうか、そう思うと先生が鬼のように恐ろしく憎らしかった。涙でうるんだ目で、すでに盛りを過ぎたコスモスをしばらくぼんやりとただ眺めていた。その日は何も描かずに寮に戻ったものの、宿題は描かなくてはならなかった。

翌日もその翌日も画用紙を持って農園に出た。地に倒れて咲き残るいくつかは、まだ生きいきとして美しく目に映ってきた。それを抱き起こしては描き、抱き起こしては描きして、まるでコスモスと取っ組み合いでもしているようであった。手も顔も絵の具だらけにして描いた。明けても暮れても私の頭の中はコスモスのことで一杯であった。何回もコスモスらしくなるまで描かされた。それだけに「良」と大きく朱書きの入ったコスモスの絵を先生より返してもらった喜びは今も忘れることができない。

あれから三十数年の年月が流れ、私たちの学んだ全生学園もこの春、中学卒業生二人を送り出した後は在校生がなく休校になった。これからはハンセン病感染児童の収容のないことを願って「出発」という文字を刻んだ記念碑が校庭の一隅に建てられたそうだ。

多磨全生園には一九四一年七月に入園したのであるが、園内に全生学園という小学校のあることを知り、小学中途で入園させられた私は、自分から進んで全生学園で勉学を続けたい旨を申し出たところ、間もなく通学が許可された。もちろん治療を受けながらの通学である。学園より小学五年の教科書ひとそろいを貸与されて、全生学園には夏休みに入る前の日に初登校した。

全部の教科書が学べる昼間学校をどんなにかあこがれたことか、その願いはかなえられた。しかし心からの喜びはわかなかった。それは、ここがハンセン病療養所であったからであろう。

文芸に興味を持ったのは、学園機関紙「はばたき」に初めて投稿してよりのことである。「雀の子」という題で童謡を書いて投稿したところ、それがたまたま採用されて「はばたき」に掲載された時は嬉しかった。大いに気を良くして作文も書いた。日本にきてまだ三年目ぐらいだったから、言葉もたどたどしかったし文章もずいぶんたどたどしかったと思う。

「俳句も作って出してくれよ」

と、ある日「はばたき」編集員から言われたので、

「俳句ってどう作るんだい」

と聞いた。

「菊見れば思ひ出すかな明治節、わが友は玄海灘のむかふなり、まあこんな風に見たまま感じたままを、五七五の十七文字の中に歌いこんで作ればいいい」

と言う。教えられた通り俳句も作ることは作ったのだが、それはどうも採用されなかったらし

く一句も記憶に残っていない。

全生学園時代の想い出は種々と多くあるが、中でもやはりいやというほど何回もコスモスを描かされた記憶は、今も一番強く印象に残るものの一つである。

今、庭に紅に咲き始めたコスモスに触れながら、遠く過ぎ去った学園時代のことをあれこれと思い出している。あのコスモスの絵の厳しさがあったればこそ、三十年間へこたれることなく短歌一筋に励むことができたのではないかと思う。


（「高原」一九八〇年四月号）

祖国へ帰る願いかないて

私の第一歌集『無窮花』に、

いつの日か祖国に帰りわが母のみ墓に父の遺骨も納めん

という歌がある。

この歌に目を止められた甲府市の嶋崎紀代子先生（耳鼻咽喉科医、ＪＬＭ〔Japan Leprosy Mission〕理事長）より、

「あの歌の思いは今も変っていませんか、もし願いがかなえられるとしたら、乗り物にたえられるだけの体力がありますか」

と当園聖慰主教会の太田執事さんを通して問い合わせがあった。

連絡を受けた私は電話で、

「あの歌の思いは今も変っていません。どなたかに付き添っていただければ、現在の体力で帰

国できると思います」

とご返事申し上げた。すると、

「来年三月上旬、JLMの理事数名が、韓国のハンセン病事情視察のため訪韓しますので、その時にできれば金さんを伴って一緒に行きたいと思います。帰国のための手続きのことでしたらお手伝いしますので、希望を捨てずに頑張ってください」

と言ってくれた。このお言葉がきっかけで、パスポートの申請に取りかかったのは『無窮花』を出版した翌年の一九七二年十一月末のことであった。

ところが受け入れ側の家族との連絡がなかなか取れなくて困ってしまった。ソウルの聖架修女会におられる尹日順修女さんに連絡したところ、

「お兄さんと連絡が取れないのでしたら、お父さんのお遺骨は、私がお預かりしましょう」

と言ってくれた。この尹修女さんは、以前群馬県の榛名荘病院にある聖公会の神愛修女会に所属しておられ、当時よくほかの修女たちと楽泉園を訪問され、私も何かとお力添えをいただいていた。五年ほど前に帰国され、ソウル市の聖架修女会に働いておられる。それで、安心してパスポートの申請に取りかかることができた。

手続きが進むにつれて、出入国管理令第二十四条に「自立できず国家の厄介になる外国人には、国外退去を命ずることができる」の条項があることを知り唖然とした。長期療養者である私の帰国申請は、たちまち厚い壁にぶつかってしまった。施設にいて納税義務を免除されている者には、訪韓の旅券は交付しないということである。改正前の出入国管理令第二十四条は、

このように在日外国人弱者に対しては、無慈悲できわめて冷淡なものであった。

思いあまって前橋の在日韓国人居留民団へ相談にかけつけようと思っていた私に、ＪＬＭからも、前橋の民団に行ってこれまでの事情を話し、出国と再入国の旅券を交付してもらうようにという速達の手紙が届いた。

福祉室のケースワーカー松村さんに付き添ってもらい、急きょ前橋の居留民団に車で走った。松村さんが前もって訪問することを連絡してあったらしく、車が民団に着くと、二階の事務所から民団職員が降りてきて私たちを快く出迎えてくれた。女子職員が盲人である私の手を取って二階の事務所に案内してくれた。

「目が不自由なのにご苦労さん」

と、金事務長さんがやさしく言葉をかけてくれ、椅子をすすめてくれた。私は母国語で自己紹介を述べた後、訪問した用件を述べると、

「大丈夫ですよ、金さんはお父さんの遺骨を祖国に埋葬するための帰国ですから、パスポートは交付できます」

こう言って事務局長は早速私の帰国のための書類作成に取りかかった。

重度の身体障害者の私に対し、同胞としての情愛あふれる対応は、私にとって大きな感激であった。その時民団側が出してくれた冷たい人参茶のおいしかったことは、あれから十数年経った今でも、忘れることができない。

幸いに嶋崎先生のお知り合いの弁護士中平健吉先生より、法的なアドバイスを賜ってからは、

順調に手続きが進み、一週間ほどでパスポートを手にすることができた。

日本を発つ日まで、兄との連絡は取れなかったが、予定通り三月八日、先生方に同行させていただき、帰国がかなった。三十四年ぶりに踏む祖国の大地、周囲の風景は盲目の私には見ることができなかったが、心豊かに力強く祖国に第一歩をおろした。金浦空港到着は午後〇時二十五分、KLM（Korea Leprosy Mission）の先生方や尹修女さん、従弟の金正福《キムチョンボギ》など大勢の人が出迎えてくださった。

肉親の出迎えはないものとあきらめていただけに、従弟が手を取って声をかけてくれた時には、喜びで胸が一杯であった。事情を聞くと、尹修女さんとKLMが協力して家族を探してくれたとのことであった。KLMは係員二人をソウルから大邱へ派遣して、数日間旅館に泊らせ、以前兄たちが住んでいた所へ聞きこみに行き、たまたまその時出会ったのが、空港に出迎えてくれた正福の友人であったということだった。それから、従弟と連絡が取れたという。そして、従弟が兄に連絡して、やっと私の家族を探し当てた、とのことであった。

着いた日の夜六時から、KLMの辛《シン》先生が歓迎会を催してくださるとのことだったが、故郷大邱へ向かうバスが四時に出るという。このバスを逃すと、その日のうちには大邱に入れない。残念ながら歓迎会を辞退し、尹修女さんと従弟とでソウルの銀行に行き、換金を済ませ、そこで尹修女さんとはお別れした。

大邱へ向かうバスの中での従弟の話によると、

「じつは夏日兄さんは二十数年前に亡くなったことになっていましてね。兄さんが伯父（父）

さんの遺骨を抱いて帰国することを聞き、親戚一同びっくりいたしました。亡くなったはずの兄さんが、そんな馬鹿な……それじゃ私が一走りして確かめてこよう。夏哲《ハチエリ》（私の兄）兄さんにそう言い残して空港にきたようなわけです。何はともあれ、私たちの脳裡からは遠く消え去っていた夏日兄さんを目の前にして、こんな嬉しいことはありません」

と、栓をぬいたコカコーラのびんを私の手に持たせてくれた。

従弟の歯切れの良い話ぶりと、コカコーラのさわやかな味は、私の胸に快くしみわたった。しかし、二十数年前に私が死んだと思われていた、と聞かされた時には、複雑な動揺を心に覚えた。

この従弟の風采を盲目の私なりに想像してみると、身長一七五センチぐらい、筋肉のひきしまったがっちりした体躯、背広のよく似合う紳士のように浮かび上がってくる。兄の家に向かう途中、この従弟、正福の家に立ち寄った。兄嫁が私を迎えに、その家にきていた。叔父、叔母も健在、父の遺骨を抱いて帰国した私に皆が温かいねぎらいの言葉をかけてくれた。夕食をごちそうになって兄の家へ向かう。車には兄嫁、正福、私の三人が乗りこんだ。

「夏日さん、お兄さんはね、アル中にかかっていて、空港にお迎えに行けず、正福さんに行ってもらいました。正福さんの家にもお兄さんはこられず、私が代りに迎えにきました。そういうわけで、淋しい思いをさせてごめんなさい」

と私に兄嫁がいった。

「いや、義姉さんと正福さんが出迎えてくれたから嬉しかったです」

と私は答えた。

「もう少しで家に着きます。お兄さんが首を長くして待っているでしょう」

と兄嫁が言った通り、待ち切れなくなって、兄が玄関先に立って待っていた。私たちが車から降りると、

「夏日！」

と私の名を呼んで走ってくる。私も兄の声のする方へ走り寄り、抱き合った。二十四年ぶりである。


走り寄り抱き合いたる兄とわれと暫しの間言葉の出でず

父の遺骨を真中にして、兄たちとの語り合いは夜の更けるまで続いた。日本から持参した酒を、従弟と兄と酌み交わしながら、さっそくに父の埋葬式の相談をした。

埋葬式は、三月十日に、ウムスル村の親戚二十名ほどを呼んで執り行うことに決めた。兄に私は、

「埋葬式には出席しない。目が見えなくて身体の不自由な私を親戚たちの前にさらしたくない」

と言った。すると、

「お前が出席しないと俺の立場が困る。目が見えなくなったっていいじゃないか。お前がその場にいてくれるだけでいいよ」

正福も、

「夏日兄さんが出席してくれないと困ります。私が集まってくれた親戚に夏日兄さんのことはうまく話しますから、ぜひ出席してください」

と言ってくれたので、結局、私も埋葬式に出席した。

父の埋葬式は、小高い丘の上にある、先祖代々の墓地の前で、郷土のしきたりによって、親戚、知人に集まっていただき行った。抱いて行った父の遺骨を母の墓前におき、私は額ずいて無言の母に帰国の報告をした。私が墓から離れると、集まっていた親戚たちがスコップで母の墓を掘りはじめた。


母の棺現れるまで掘り下ぐるスコップの音をわれは聞きおり

私の側にいた叔母や親戚の何人かが、しきりに私に声をかけてくれる。やがて、母の棺が掘り出された。

しっとりと湿りておりぬ掘り出しし母の寝棺にわが触れみれば

幼ない時、母や兄に連れられて先祖のお墓参りに何度もきたことがある。私の記憶では、一抱えも二抱えもある松や、大木がうっそうとそびえ立っていたが、日本の植民地時代に切り倒されたか、今はそのような大木もまばらにしか立っていない。うっそうとした山の感じはなかった。

饅頭型に黄土盛り上げし父母の墓わが背丈よりはるかに高し

この墓の近くには、第二次世界大戦中、日本海軍軍属として、アッツ島で戦死した長兄の墓もあった。戦死の公報は一九四四年（昭和一九）にあり、遺骨は終戦後、私が東京で迎えたが、白木の箱の中には、兄の名前が記された紙片一枚が入っていただけであった。

お骨のない丸い饅頭型の兄の墓に向かって、

「夏澤《ハテギ》兄さん、夏日です」

私は新たな悲しみがこみ上げてくるばかりだったのである。この時、突然サイレンが鳴り出した。私は、

「何ごとです」

とびっくりして従弟にたずねた。

「これは北韓（北朝鮮）の脅威を感じて、時おりサイレンを鳴らすのです。それを合図に防空演習を行うのです」

との答えだった。私としては、緊張緩和の叫ばれているこの時期にあって、何とも納得のいかない思いを抱かされた。

私の故郷だけのこれは風習かも知れないが、人が亡くなった時、通夜とか葬式には、必ず粥を炊いて、集まってくれた人たちにふるまうのである。私の母は粥を炊くのが上手だったので、村で葬式がある時には頼まれて行っては粥を炊いた。今回の父の埋葬式にも炊いた粥が運ばれてきて、墓地で火が燃やされ、温めた物が集まった人びとに配られた。私も何十年ぶりかで、どろんとした熱い粥をすすった。おいしかった。

亡き父が今祭られしこの丘にうから集いて熱き粥すする

集まってくれた親戚の中には、本家で一緒に遊んだ従弟の夏業《ハウビ》もいた。夏業は特に私の手を取って、懐かしいと言って親しく話しかけてくれた。学校の帰り、私の家に立ち寄って学校で学んだ教科書を開いては、いろいろの絵や文字を教えてくれたりした従兄なので、私も懐かしかった。

埋葬式が終り、墓地からの下りの道は荒い砂利道で、
「盲人の夏日には、歩くのは無理だ。私が背負ってあげよう」
と言って、夏業が私を背負って砂利道を降りてくれた。

石荒き墓地よりの道を従弟たちかわるがわるに背負いくるるも

細い砂利道の両側には、青々と芽を出した麦畑が続いている。土橋があり、清らかなせせらぎが聞こえる。これらは私が幼かった時に渡った土橋であり、麦畑も幼ない時に見たのと全く変りのないものであった。

埋葬式の帰途、私は希望して生まれ育ったウムスル村を通ってくれるよう頼んだ。わら屋根が瓦屋根に、家庭には電灯が、ここ二、三年来急ピッチで村の近代化が進んでいるとのことだった。そのたたずまいを、従兄や兄嫁が説明してくれるのを聞きながら、私は幼い頃、貧しく育ったわが家の煤けたオンドルの部屋、暗い土間でランプの明かりをたよりに、縄ないやかます編みをした記憶がよみがえって、今さらに三十四年の空白を思い知らされた。

滞在中、身体の不自由な盲人の私を迎えて、兄を初め、家族の一人ひとりが気を配ってくれ、中でも兄嫁の献身的な介助ぶりには頭がさがった。食卓には郷土名物の珍味、鶏のスープやメンタイ料理が多く盛られ、朝鮮人参を煎じて飲ませてくれたり、かゆい所に手の届くねぎらいようだった。また、私を退屈させまいと甥の少年が、ラジオを聞かせてくれたり、雑誌を読んでくれたり、たいへんな気の使いようであった。

こうした団らんの中へ、一日尹修女さんが訪ねてくださり、私を慶州の佛国寺へ案内してあげるように、と兄たちに進言してくださった。早速翌日、佛国寺を訪ねる機会が与えられ、新羅時代の旧跡をつぶさに聞くことができ、兄たち大勢と記念写真を撮ったりして、楽しい一日を過ごした。

こうして十一泊十二日の祖国訪問の旅もまたたく間に終りを告げた。念願であった父の遺骨を祖国に葬り、オンドルの部屋で共に過ごした兄たちとの暖かい心のふれ合いを、大切に肌に残していきたいと思っている。

（「高原」一九七三年九月号）

初夏の日に

大阪の友人宅へ招かれて行った時、Ｋさんという女性を紹介された。Ｋさんは両足が不自由でまったく立つことができないという。声から想像すると二十七、八歳になるであろうか。声の美しい女性であった。青い芝の会（重度の身体障害者の会）の副会長をしているそうだ。豊中市に住んでおられ、長島愛生園には車椅子で時おり訪れるという韓国人女性であった。

「夏日さん私ね、長島愛生園には何回か行って何人かの同胞の方と意見を交したことがあります。みなさんの話を伺っていて、何かひっこみ思案で、考え方も消極的な感じを受けました。たとえばその一例として社会復帰への希望はと聞きましたら、病気が治っても帰る所がないので一生、療養所の中で暮らすのだと言います。それでは、病気が治っても一生療養者として終わってしまうのではないですか。その点が私にしては理解できません。夏日さんはどう考えますか」

やんわりと大阪弁で問いかけてくる。

私は、

「愛生園の人たちが言っていることは、同じ立場にありますので私にはよくわかります。現在療養所に残っているほとんどが重度の身体障害者で、在園者の平均年令も五十九歳（当時）と言われています。社会復帰ができたとしても、ハンセン病を病んで顔や手足に後遺症の著しい私たちには、周囲の人たちの冷たい偏見におそらく耐えていかれないと思います」

と言うと、Kさんは私の意見に対して鋭く切りこんできた。

「そういう偏見があればこそみなさんが社会に出て、その厚い偏見の壁を打ち破るべきではないでしょうか。偏見は夏日さんたちだけでなく私たちに対してもあります。私たち障害者が一軒を借りて住みつくのには、周囲の人たちの妨害と嫌がらせ、それはひどいものです。その妨害と戦って突き破っていくために作られたのが、私たちのグループ青い芝の会なのです。私は夏日さんたちが意気地無しだと思います。私の手足に触れてごらんなさい」

私はKさんがさし出す手足に触れてみた。それは枯れた細い棒っきれに触れた感じで、足首はクニャクニャとして垂れ下がっており、手の指はまっすぐに伸びてはいたが、麻痺していて自由に折り曲げることができないようであった。Kさんは私の曲った指を両手でさすりながら、

「私はこのような体なので、生活保護による生活扶助を月々わずかですが市から支給されています。しかし、補助金に頼らず、私自身が働いて得たお金で生活していきたいのです。青い芝の会の目的もそこにあります。近いうちにクリーニングの事業を始めるつもりです。夏日さんの指は曲っていても握る力はありますし、手の状態は私よりずっと良いように思われます。その機械は重度の身体障害者でも操作できるように、ボタンを押せば洗い上って絞られ、たたま

れて出てくるようになっているそうです。このくらいの仕事なら、眼の見えない夏日さんだって機械の操作はできると思います。思いきって大阪へ出てきて、私たちと一緒に事業をやりませんか。夏日さんが大阪に出てこられるなら、住む部屋は私たちが探してあげます」

と言われたが、私は、

「ちょっと待ってください。ハンセン病による重度の身体障害者は、青い芝の会のみなさんとは根本から違います。病気が治ったと言っても、私たちは伝染病患者とされています。らい予防法による隔離療養者なのです。予防法は今なお、厳然として生きています。平常はあってなきがごとく空文化されていますが、何かことが起きた時には、予防法がいきなり威力を発揮して噛みついてきます。

社会復帰している後遺症の全くない寮友でも、ハンセン病だったことがわかれば、たちまち職場を追われます。これが現実です。らい予防法が廃止されない限り、ハンセン病重度障害者が社会復帰することは難しいと思います。しかし、Kさんの呼びかけてくださったお気持はよくわかります。帰園してから、園長先生とも相談した上でご返事したいと思います」

そう答えた。

「ご返事お待ちしています」

と、Kさんは明るくそう言った。

豊中市のどこかに青い芝の会の事務所があり、その事務所へ毎日車椅子で出勤するのだという。どこへ行くにもボランティアの方が車椅子を押して行くのであろうか。今日も大学生のボランティアの方が、Kさんの車椅子を押してきている。この人たちはゴリラ会というボランティアのグループの方々で、当番で青い芝の会の会員宅へ行き、車椅子を押してあげたり、身のまわりのお世話をし、割りふられた時間になると、次の人と交代するということだった。

私を自宅へ招いてくれたYさんもゴリラ会の会員の一人であった。Yさんは楽泉園にも何回か訪問してくれたことがあり、私の部屋にも一度泊っていかれたことがある。保育所の保母さんをしておられるが、忙しいお勤めの中から時間を割いて、身体障害者のために奉仕されている方である。私はこうした献身的な奉仕をしてくださる方々を、尊いことだと思った。

Yさんが昼食に朝鮮風の冷麺をもてなしてくれた。Kさんは昼食をごちそうになった後、これから仕事があると言って、大学生のボランティアの方に車椅子を押されて急いで帰って行った。Yさんはこれから私たちを朝鮮市場へ案内してくれると言う。

「金さんちょっと待ってね。友だちとうち合わせをしてくるから」

そう言って、Yさんはサンダルをつっかけて、友だちの家へ走って行かれた。Yさんが行ったあと、私と付き添いの加藤さんとが留守を守るかたちとなった。

大阪へ行ったのは、六月に入って間もなくであったが、大阪は草津の真夏のような暑さであった。草津高原なら強い日ざしの中でも、いつもさわやかな風があるので、涼しさを感じられるが、大阪は草津のように風が吹かず、ひどく蒸し暑さを感じた。さっきから汗をビッショリかいていたが、若い女性たちの前で着替えるわけにもいかず、がまんしていた。やっと私たちだけになったので、持ってきた肌着に着替えた。

昼休みが終ったのか、家の裏の印刷屋から、にぎやかに輪転機の音が聞こえてきた。新幹線の新大阪駅からも、列車の発車の音が響いてくる。Yさんが留守の間、電話がたびたびかかってくるので、そのたび加藤さんが電話に出た。電話をかけてきた相手の人は、聞き慣れない男の人の声だったのでビックリした様子だった。このほか、通りがかりの人から道を聞かれたり、何かの選挙の立候補者らしい人があいさつに立ち寄ったりもした。

「お待ちどおさま、さあ、行きましょう」

そう言って、Yさんがかけこんできた。私たちも靴をはいて玄関を出た。タクシーが走ってきて道端に止まった。Yさんの家は広い自動車道路の近くにあった。タクシーで三十分ほど行って電車に乗りかえ、一時間ぐらい行って着いた所が猪飼野であった。猪飼野は地名がかわり、現在生野区桃谷になっている。桃谷駅を出てなだらかな坂道を少し下ると、トンネル式の大きな朝鮮市場が見えてきた。御幸森市場だそうだ。電車を下りたほかの人たちも朝鮮市場へ買い物に行くらしく、忙しそうに次々と私たちを追いこして行く。

市場に入るとキムチの匂いや、動物の骨を煮つめるスープの匂いが、プンプン漂ってくる。遠い祖国の懐かしい匂いであった。

「オソオセヨ（いらっしゃいませ）」

と店員の甲高い朝鮮語が飛んでくる。通路の両側に店が並び、客を呼ぶ朝鮮語がポンポン飛び交いにぎやかだ。そうした中を歩いていると、いつしか自分が祖国へきているような錯覚を覚える。

「アジョン、帽子いかがですか」

と、民族服を着た若い女店員が、私に朝鮮語で愛想よく話しかけてくる。アジョンとは、女性が同年輩の男性に呼びかける言葉である。店の帽子を私の頭に乗せてくれた。

「アジョンにぴったり、にあう、にあう」

そう言って愛想をふりまく。ベージュ色の登山帽であった。店員のおだてに乗ったかたちでその登山帽を買った。

Yさんに伴われ、次は食料品店に入る。Yさんは、夕食のおかずに使う葱、焼肉用の肉などを、せっせと買物袋に買いこんでいた。私は草津へのお土産に、にんにくしょう油で甘く味つけしたメンタイの佃煮を五袋買った。市場の狭い通路は、買い物をする人ですごくごったがえしていた。

朝鮮市場での買い物はとても楽しかった。市場を出て喫茶店に入り休憩を取る。コーヒーを飲んだ。のどが渇いていたのでとてもおいしかった。この間にYさんは店の電話を借りて、近くに住む詩人の宗秋月さんに、店にくるように言っている。間もなく宗さんが三歳ぐらいの女のお子さんを連れて、店に入ってきた。直接お会いするのは初めてだが、テープによる声の便りで知っていたので、宗さんは私の手を取り、

「よく大阪まで出てこられましたね」

と、いたわりの言葉をかけてくれ、Yさんと三人で在日文芸のありかたについて、熱っぽく語り合った。

休憩を取ったあと、少し歩いて平野川の橋の上にたたずむ。前方からゆるやかな流れの音が聞こえてくる。広い川から吹き上げてくるそよ風が、ほおに当たって心地よい涼しさを覚える。

「ハイルさん、平野川は一九二三年にできたのですが、多くの朝鮮人土工たちが連れてこられて、この河川工事に従事したそうです」

と言う。Yさんの話を聞きながら、平野運河が完成する間には多数の犠牲者と、多くの朝鮮人同胞の血と涙がひそんでいるんだなあと、しみじみそう思った。そこからタクシーに乗り、大阪城にも立ち寄り、帰途についた。Yさんの家に着いたのは、午後六時頃だったろうか。

Yさんは市場で買ってきた買物袋を台所に置くと、

「金さんお腹がすいたでしょう」

と言って、夕食の用意に取りかかった。お友だちもドカドカ入ってきて炊事を手伝っている。キャッキャッとはしゃぎながら炊事をしている、若い人たちの明るい声が家中に響いた。温かい家庭的な雰囲気があった。ハヤシライスをごちそうしてくれるそうだ。ハヤシライスができあがる間、私は座椅子に寄りかかり、Kさんから話があったことや、朝鮮市場で触れ合った民族のこと、今日一日の出来事をあれこれとふりかえってみた。

私はKさんのように率直な社会復帰の呼びかけを受けたのは初めてで、大きな感激を覚えた。Yさんの家に泊めていただき、私も普通の家に住んで、社会人としての暮らしがしたい、という気持ちがふつふつとわいてきた。さらにかなうことなら、民族の匂いのプンプンする、あの猪飼野のような所で同胞と過ごしたい。いや、いっそ祖国へ飛んで帰って、なつかしい親族と共に、仲良く暮らしたい——。

現在、日本にいる同胞は、約六十万人、その四分の一が大阪在住と聞く。平野運河をひらく際、朝鮮の労働者を多数渡航させたことから、猪飼野には同胞がより多く住むようになったそうだ。私の父も渡日当初、このような河川工事に従事していたのであろうか。

一九四五年夏、祖国解放時の在日僑胞は、二百二十万人もいたそうである。これは、その大部分が日本の植民地支配により、土地を奪われた人たちが生活の道を求めて、やむなく来日したり、戦時労働力確保のための強制連行などから形成された人たちであった。そして、今なお、約六十万人の同胞がさまざまな「在日」を生きている。なぜ、このような事態がいつまでも続いているのであろうか。日本の政府や一般の国民は、このことをどう考えているのだろう。

私の父は一九五一年（昭和二六）、朝鮮戦争の直前に東京で死亡した。骨になった父が、やっと故郷にたどり着いたのは、一九七三年（昭和四八）のことだった。

たくさんの在日僑胞のさまざまな問題解決や、ハンセン病患者の社会復帰を、長いこと阻み続けてきたもの、それはいったい全体、何であったのだろうか——。

食事のできるまでの短い時間、私の想いは、限りなく頭のなかをかけめぐっていた。

（「高原」一九八〇年七月号）

ジゲタリ

墓参りを終えて山を降りたのは午後四時頃であったろうか。日は西へ大きく傾き、山から吹き下ろす風はひんやりとして肌寒さを感じる。山裾に待たせてあった耕耘機に乗り、農道を通って帰路に着く。狭い農道の両側にき黄金色に実った稲田が遠く山裾にまで続いている。近くの田圃ではコンバインダーが何台も入っていて、稲を刈り取る機械音がガーガーにぎやかだ。コンバインダーは稲を刈り取ると同時に、脱穀もできる大変便利な機械だそうである。一度に三株ずつ刈り取るそうだ。刈り取った稲は直ちに脱穀され、籾だけが袋詰めになって、トラックでどんどん家へ運ばれて行くという。実に便利な時代になったものだと思う。

私が村にいた五十五年前にはコンバインダーなる物はまだなくて、鎌を握り、一株一株稲を刈り取ったものである。水田の場合は刈り取った稲を束ねて、田の畦の稲架に掛け連ねるが、乾田だとその場に稲を刈り伏せて行くのである。刈り進む鎌の先に、霜に打たれて茶色になった多くの蝗がピョンピョン飛び移る。時おり仕事の手を休めて蝗捕りに夢中になる。蝗捕りに夢中になるのも、私がまだ無邪気な十三歳の少年であったからであろう。蝗は露霜に濡れて動きの鈍い朝方の方が捕りやすい。一升瓶に捕り溜めた蝗は、夕方稲刈りを終えた後に家に持ち帰り、夕食のおかずに炒って食べた。胡麻油で炒って食べると香ばしくとても美味しいものであった。

刈り伏せた稲は半月ほど乾燥させ、一抱えほどに束ねて家に運び脱穀するのである。束ねた稲を家に運ぶのがまた大変な仕事であった。牛を飼っている家は牛に背負わせて運ぶのであるが、私の家のように牛を飼っていない者は、ジゲタリと呼ばれる背負い子に稲束を括りつけて背負って運ぶのであった。足のあかぎれによる悪寒に襲われ、稲束を括りつけた背負い子を背負ったまま畦道にひっくり返り、気がついた時には家の布団の上に寝かされていたという。忘れ難い苦い思い出もある。耕耘機もトラクターもなかった時代だから、鍬を握りしめて田畑を懸命に耕したものだった。機械化された現代の農業は当時と比べて何と恵まれていることか。

そんなことを私は思いながら、農道を走る耕耘機に揺られていた。「作柄は如何ですか」と甥が耕耘機を止めて、コンバインダーの人に声をかけると、「今年は大豊作だ」と元気な明るい声が返ってくる。甥は目の見えない私に作柄の様子を教えようと、農夫にそのように問いかけたのであろう。私に対する甥の温かい思いやりが嬉しかった。

付き添いの関サソイさんは耕耘機から韓国の農村風景を眺めながら、「ああ美しい、素晴らしい」の連発である。韓国の秋空は何処までも青く澄み渡り、沈みゆく赤い夕日に映えて、茜空はことのほか美しいそうだ。

先ほどの田園はだんだん遠ざかり、今度は大きく、または小さく仕切られた耕作畑が延々と続く。とうもろこし畑もあり、林檎畑あり、綿畑、白菜大根畑、唐辛子畑、畑、畑、畑であった。中でも燃えるように真っ赤に色付いた唐辛子畑が綺麗だそうだ。

「あれ、あそこに南瓜が、西瓜が」

付き添いさんが不意に声を上げる。南瓜畑には取り入れが忙しく取り残した物か、緑色の大きな南瓜が枯れた蔓にくっついたまま幾つも転がっており、西瓜畑でもやはり取り忘れた物か、大きな西瓜が幾つも転がっていた。とうもろこしをもぎに行くのだろうか、ジゲタリを背負った中年男が向こうから早足にやってくる。時季はずれの南瓜や西瓜が畑に転がっているのも珍しいが、韓国の形の変わった背負い子も珍しいと、関さんはカメラを取り出して頻りにパチパチ写している。

ここで、ジゲタリの構造についてちょっと紹介しておこう。日本の背負い子に似ているが少し違うのは、ジゲタリの左右の柱から四十センチ程の棒が後ろ向きに一本ずつ突き出ていることだ。その棒はジゲタリの中心から十センチ程下がった所にある。ジゲタリの幅は日本のと同じだが、長さは一メートル十センチ程あり、日本のよりはかなり大きい。山から枝付きの木を切り、適当な枝を一つ残して削って組み合わせたのが韓国のジゲタリである。運ぶ品物によっては、横長で末広がりの大きな籠を二本の棒の上に乗せ、ジゲタリを括りつけることがある。もいだトマトや茄子やとうもろこしなどを入れるのに籠が必要だからだ。先ほど農道ですれ違った男が背負ったジゲタリは、こうした大きな籠を取り付けたジゲタリであった。

私たちの車がしばらく行ってからふり返って見ると、予想した通り先ほどの男がとうもろこし畑にたどり着いていた。立てかけたジゲタリの籠にとうもろこしをもいでは次々に投げこんでいる。私も村にいた頃、とうもろこしをもいで入れた籠をジゲタリでさんざん背負ったものだ。

田畑の畦にも、私達の車が走る道の両側にも、赤白にコスモスがいっぱい咲き乱れている。付き添いの関さんから私の故郷の農村風景を聞きながら、山の向こうへと沈み行く夕日に私は真っ赤に染まりながら、耕耘機に揺られていた。

（「高嶺」一九九五年五月号）

床石《サンソ》

祖国韓国にある私の両親の墓前にはまだ床石がなかった。床石とはお供物を並べておく供物台、石膳のことである。床石のもうひとつの読み方として「ジャーパン」ともいう。「ジャーパン」は通称である。供物台がなかったから、墓前に莫蓙を敷き、その上にお供物のお皿を並べて礼拝した。墓参を終えた後、百万ウォンを従兄に手渡し、床石を造ってくれるよう頼んだ。本来なら実子の私が石屋で石を選び床石を造るのであるが、異国での療養の身の私にはそれができない。それで床石造りの全てを従兄に依頼して、私は日本へ帰ってきた。

その後半年ほどして、従兄から床石造りの見積書が送られてきた。床石を造る際に、長兄の墓の床石と私の墓も一緒に造るので、総経費七百万ウォンということである。足らない分は自分も出すし、甥たちにも呼びかけて出してもらうから心配せぬように、と手紙に書き添えてあった。私の墓までも造ってもらえるとは思ってもみなかったので嬉しかった。従兄の好意が嬉しくて、追加費用として日本円で百万円送っておいた。四月五日にその床石と私の墓が完成したとの連絡が届いた。私たちの墓の前に親戚や関係者七十名が集まり、立石祈念会が盛大に行われたとのことであった。

床石や記念会模様を写した写真が四十二枚も送られてきた。写真によるとできたばかりの真新しい供物台に林檎や色々な果物、餅菓子などがたくさん供えられていた。韓国は昔から土葬なので、先祖代々の山一面に大小の土饅頭が点々と散らばっている。両親の墓は二人一緒なので、ほかのと比べて際立って大きい。新萌えの草はまだ幼いが、冬枯れの黄ばんだ草が墓を包んでいる。土が崩れないように墓のまわりが石垣で囲んである。墓前には横の長さ一メートル五〇センチ、奥行八〇センチ、高さ三〇センチほどの新しくなった床石があり、その前にノットと呼ばれる香をたく壷を乗せる石台があり、ノットの左右前方には高さ一メートル二〇センチほどの石の門柱がある。床石には「處士一善金公諱正淳之墓　配孺人金海金氏合墳」と刻んであった。両親の墓のすぐ右近くに私の墓がある。高さ一メートルほどの墓標には「處士一善金公諱夏日之墓」とあり、墓標の後ろに箱形の私の墓がある。土饅頭の立ち並ぶ中に、私のだけは墓石であった。思ったよりも立派なものであった。

両親の墓より少し離れた左側に長兄の墓があり、墓前にはやはり新しい床石が据えられてある。

長兄は太平洋戦争たけなわの時、日本海軍軍属として召集され、昭和十九年に戦死した。戦死の公報が届いたのは二十年の六月頃だっただろうか。長兄の英霊を迎えたのは終戦直後である。届いた白木の箱の中には兄の名前の書かれた紙切れ一つだけであった。終戦がいま一年早かったら兄は戦死せずにすんだのに、私はこう叫んで白木の箱を抱えて号泣した。悔しかった。

隊が移動するため、兄は休暇をもらって一度家に帰ったことがある。家に戻って間もなく兄は急に高熱を出して臥せった。近所の医者に診てもらったところマラリアと診断され、軍の方へ休暇延期を願い出たら、三日だけの延期が認められた。だが一週間の休暇だけでは高熱はそう早くひくはずもなく、結局兄は治りきらぬまま隊へ復帰した。隊へ帰って幾月も経たず兄は戦死したのである。

二十一年に次兄一家と長兄家族は韓国へ引き上げて行き、その時に携えて行った白木の箱を入れて造ったのがこの長兄の墓である。私はこの長兄の墓に額ずくたびに、病気の治りきらぬまま隊へ連れ戻された兄を思い、新たなる悲しみと怒りが込み上げてくるのである。

ともあれ、立派な私たちの墓と床石が出来上がったことを私は嬉しく思う。

私に祖国へ帰る道を開いてくれたＪＬＭに対し、ここで改めて心から感謝申し上げたい。

（「ＪＬＭ」一九九六年十一月号）

墓　参

祖国訪問はこれで二回目である。日本から父の遺骨を抱いて行き、故国の地に埋葬してから今年で早くも二十一年になる。私の歳も七十歳に近い。自分の足でどうにか歩けるうちにもう一度両親の墓参りがしたい、こういった願いから今回の祖国訪問は、両親の墓参りが主目的であった。

ＪＬＭより伊藤秀朗さん、草津から私と付添いの関さんの一行三名が、十月七日十三時二十五分成田空港を発ち、十五時三十分に金甫空港に着いた。空港にはソウル聖架修女院の尹修女さんを始め、従兄の金夏慶《キムハギョイ》、甥の兄弟学坤《ハッコイ》、又坤《トゴイ》たちが出迎えてくれた。次々走り寄って来て歓迎の言葉をかけてくれる。嬉しかった。付添いの関さんからバトンタッチのかたちで、甥たちに手を引かれながら空港を出た。日本を発つ時も快晴だったが、ソウルの空も曇一つなく晴れ上がり、頬に当たる陽射しが暑いくらいだった。

甥の又坤が運転する乗用車に、夏慶と私と付添いの関さん、尹修女さんとが乗り込み、修女さんは助手席に腰かけた。韓国は車が右側通行で、車の構造も助手席が右側に付いていた。伊藤さんと学坤が乗った車は私たちの前を走っている。車に乗ってからは不思議と気持ちが落ち着き、すらすらと母国語で従兄に話しかけることができた。甥たちや親戚たちの暮らしの様子を聞いてみると、二十一年前に帰国した時には健在だった兄夫婦が亡くなり、叔父叔母も他界していた。父の埋葬式の時には私の側でしきりに優しく話しかけてくれた従兄の夏業《ハウビ》も亡くなっている。兄が亡くなったのは連絡を受けて知っていたのだが、兄嫁、叔父叔母、夏業が亡くなったことを知り、ひとしお寂しさを覚えた。

宿泊するソウルホテルに着くと、韓国KLMの辛先生がすでにロビーに来ておられ、温かく労いの言葉をかけて私たちを迎えてくれた。日本から携えてきたお土産の靴下やタオルなどを、集まってくれた先生や親戚たちに手渡し、暫くの間歓談の後、出迎えてくれた人たちとはいったん別れを告げた。私たちは指定された宿泊室に案内され旅装を解いた。風呂に入れてもらい、夕食をとって、その晩はぐっすりホテルで睡眠をとった。

翌八日は両親の墓参りである。善山には夏業の妻ヒョンスが一人暮らしをしている。ヒョンスのいる家へ甥たちや親戚の者たちが集まり、昼食を頂いた後、両親の墓へと向かった。狭い農道のため私は耕運機に乗せられて墓地へ向かう。墓地へ近づくにつれ山道は更に狭く耕運機も入れない。そこからは甥たちが私をおぶって山道を登ってくれた。道の両脇から木の枝や草の蔓がしきりに絡まってくる。幼い時母に手をひかれて幾度も登ったこの細い山道は、私にとっては限りなく懐かしい思い出の道である。山道に咲いている白い野菊や撫子の花を、付添いの関さんが切り取って両親の墓にたくさん供えてくれた。関さんのそうした優しい暖かい心遣いがとても嬉しかった。

二十一年前に築いた両親の墓にはやわらかい草がいっぱい生い茂っていた。墓の前に茣蓙を敷き、果物や餅や菓子などを供え、親戚たちと共に深く頭を垂れて礼拝をした。礼拝の仕方もわからないので、従兄たちに教えてもらって礼拝をした。両膝をつき、両手を地につけて頭を垂れお辞儀をし、一度立って先ほどと同じようにお辞儀をするのである。線香を立ててなみなみ注いだ盃を、煙の上がる線香のまわりを三度回し、その盃の酒をお墓にかけるのである。二回目も酒の入った盃を線香のまわりを三度回し、今度はその盃の酒を集まっている人たちが回し飲みをする。お供えした果物や餅や菓子も集まっている者がわけ合って食べるのである。毎年秋夕には親戚中が集まり、先ほどのような儀式により墓参するのであるが、今年は日本から帰国した私も加わって、大々的な秋夕墓参であった。

四泊五日の祖国訪問もあっと言う間に終わり、十月十一日私たち三人元気で日本に帰ってきた。


（「ＪＬＭ」一九九四年十二月号）

電　話

「ヨボセヨ、アンニョンハシムニカ」

韓国からの甥の電話である。ヨボセヨとは日本語のもしもしであり、アンニョンハシムニカはお元気ですかの意味である。甥の又坤は月に一度は必ず電話をくれる。何と言っても故郷からの電話が一番嬉しい。兄夫婦が亡くなってからも、従兄や甥たちが代わる代わる電話をくれるので本当にありがたいと思う。

この間、従兄の夏慶《ハギョイ》から、三番目の息子が結婚するのでという手紙を添えて、結婚式への案内状が届いた。すぐにでも飛んで行きたい気持ちはあるが、従兄には電話で、体が不自由で出席できないのでよろしくと告げて、心ばかりの祝い金を送っておいた。

陽暦の二月八日は陰暦の一月一日であった。韓国では今でも旧正月を祝う所が多いようである。従兄たちも旧正月を祝うらしく、「セヘ、ボン、マーニバトセヨ」と年賀の電話がかかってきた。セヘ、ボン、マーニバトセヨを日本語に直せば、新年に福をたくさん受けてくださいという意味になる。また韓国から年賀状も幾枚か届いた。甥たちからも「セヘ、ボン、マーニバトセヨ」と次々電話がかかってくる。異国に病む私に、親族の一員として従兄や甥たちから心こもる年賀状や電話をもらうと、譬えようもない喜びがわき上がってくるのである。

韓国のお正月は先ず先祖に対するチャレという儀式から始まる。チャレの儀式は本家で行なわれていた。元日の朝、まだ薄暗い中、母に連れられて本家へ急いだこと、マルと呼ばれる広い板の間に親戚達が用意した物を供え、大勢の親戚達が立ったり座ったりひれ伏しておじぎをしていたこと、供物台の後ろに広げて立ててある大きな屏風に、虎の絵が幾つもあって、大きな赤い口を開けて、今にも飛びかかってくる感じで怖かったことなど、私は従兄がチャレに行ってきた話を電話で聞きながら、子供の頃に見たチャレの儀式を思い出していた。

国際電話も直通ダイヤルできるようになって随分便利になった。昔は国際電話局へ電話して、兄の家に電話をつないでもらったのだが、今は〇〇一―八二を回して、従兄の電話番号を回せば電話ができるのである。何よりも嬉しいのは、長距離電話料金が安くなったことだ。一分以内の電話なら三百円から四百円でおさまるのである。かなり長く喋ったと思った時でも千円は越えない。電話してからひと月後に電話料金の請求書が届くが、二・三回かけた時でもせいぜい月に二千円を少し越える程度である。国内にかける電話よりも、韓国にかける電話料金の方がはるかに安い。電話料金が安いので、これからも韓国の従兄や甥たちに度々電話したいと思う。

手指が不自由になり、従来の電話機では電話がかかってきても受話器を取ることができないので、プッシュホンの電話機を入れた。これだと電話がかかってきた時スピーカーホンのボタンを押せば、受話器を取らなくとも電話機のスピーカーで話ができる。韓国の従兄がすぐ前にいて、向かい合って話をしている感じで楽しい。

このように書くと韓国語がペラペラだと思われるだろうが、恥ずかしいながら、電話で喋る私の韓国語はたどたどしいのである。こんな私のような者をパンチョッパリ（半分日本人）と言うのであろう。それでも甥たちから電話がくれば、たどたどしいながらも母国語でちゃんと電話ができるのである。

電話は安否を問うことから始まり、今日はお爺さんの命日で法事に行ってきた話、秋夕《チュス》（旧盆）に親戚一同で墓参りに行ってきた話などが主であるが、時には甥の学坤《ハッコイ》が毎日酒を飲んで暴れて困る、という嘆きを訴えてくることもある。学坤は私が三年前の秋、墓参のため帰国した際、空港にその弟と叔父と一緒に出迎えてくれたし、韓国に四日間滞在中、盲人の私に付添って面倒を見てくれた。墓地へ行くくねくねとした細い道を、私を背負って行ってくれたのもこの甥の学坤である。あの気の優しい学坤がどうしてそんなに酒に溺れてしまったのだろう。信じられない気持ちでいっぱいである。どうか体に害の及ばぬことを心より願うのみである。

先日結婚した、従兄夏慶の三番目の息子が、会社の用事で日本に来たと言って電話をくれた。「療養中のおじさんから多額のお祝いを頂いて、誠にありがとうございました。感激いたしております」と、涙声でお礼を言われた。私は若いお二人の幸せを心よりお祝い申し上げた。

甥たちは電話の度に欲しい物はないか、欲しい物があれば送るよと言ってくれるのだが、欲しい物は何もない。私はその都度欲しい物はないと返事をするのだが、甥たちは私が遠慮していると思うのか、韓国の干海苔やお菓子、飴など次々と送ってくれる。漢方薬を送ってくれることもある。このように私を思ってくれる従兄や甥たちをありがたく思う。お互いに遠く離れてはいても、いつまでも元気で、今まで通りヨボセヨと呼びかける電話だけはずっと続けて行きたいものである。

あとがき

韓国にいた時には家が貧しくて、義務教育さえ受けることができなかった。家の近くに小学校がありながら通学できず、どんなにか悔しかったことか。当時朝鮮は日本の植民地だったから、村に日本の小学校があり、村の子どもたちはこの小学校に通学していた。学校に行きたくとも学校に行かれず、一人取り残された私はひどくみじめさを感じたものである。

一九三九年十三歳の時、東京にいる父にひきとられ、昼間働きながら、夜間小学校に通学することができた。学校で学びたい、故国にいた時からの強い願望がやっとかなえられた。水を得た魚のように勢いよくピチピチはねて、大いに働き、大いに学んだ。

旭製菓に入社した頃、私はほとんど日本語がしゃべられなかった。会社の人たちはそんな私を温かく迎え入れてくれ、言葉の通じない私に身ぶり手ぶりで仕事を教えてくれた。会社の人たちは親切でみな良い人ばかりであった。働きながら学んだ当時のことは、本書の中の「君子さん」や「ラムネ」「ススメとスズメ」に詳しく記した。

文中にたびたび出てくる君子さんは、会社で一番最初に友だちになった人である。私より一つ年上の十四歳であった。私を実の弟のように優しく面倒を見てくれた。君子さんは面長で、髪はお下げにしている。「おはよう」と声をかけてくる笑顔が美しかった。人なつっこく言葉をかけてくるので、君子さんは会社の人気者になっていた。少女雑誌をよく読んでいるので、文学少女とも呼ばれていた。少女雑誌を読んでいておもしろい記事があると、私に声を出して読んでくれたこともあった。図書館にもよく連れて行ってくれたり、漫画本を買ってくれたこともあり、『母をたずねて三千里』も彼女が貸してくれたのを読んだ。こうして私に文学への興味を持たせてくれたのは、ほかならぬ君子さんであった。少年向けの何々物語を好んで読んだ。吸収力の盛んな年頃であり、文章を書くことも習い覚えた。これが後に、文集作りの上で大きく役立った。

一九四一年一月から手がかじかみ、七月には左手の小指、薬指が痛みも感じないのに内側に曲がり始めた。変だと気づき、飯田橋の病院に行って診ていただいたら、ハンセン病と診断された。ショックだった。医師の通報により、ただちに多磨全生園に送られた。治療といっても、週二回の大風子油注射を打つだけだった。治療を受けながら、園内の小学校に通学する。

この年の十二月に太平洋戦争が勃発した。長兄が日本海軍軍属として取られた。小学校を卒業した私が家事手伝いとして家に帰っていた時、私たち家族は一九四五年五月二十五日の東京空襲で焼け出された。「戦災の記憶」はその時のことを書いたものである。

日本が戦争に負け、戦後の大変な混乱期に、本病（ハンセン病）が再発して栗生楽泉園に入園した。食糧も医薬品も欠乏していた。「バラ」はそうした当時をふりかえって書いた。特効薬プロミン治療によって、病も落ちつき、生活状態もかなり改善してきた一九五三年頃から点字舌読を習得し、短歌を学び、文章も本格的に書き始めた。この文章は、長い療養生活の中で三十年余りの間に書きためた、四十篇からなる随筆、生活記録を一冊にまとめたものである。

神戸で原稿の批評会を持った際、誰に一番読んでもらいたいのかと聞かれ、「君子さんです」と答えたのであるが、初版の千部が刷り上がった段階で君子さんと再会した。ある新聞に記事を寄せたのがきっかけで君子さんと連絡が取れ、一九九〇年六月三日、五十年ぶりに念願の再会を果たした。出来上った『点字と共に』を、君子さんにお送りしたのは言うまでもない。

再版するに当たり、あとがきを少し修正し、他にも文のつながりの悪い所を少し直した。

この『点字と共に』を編むに当たり、名誉園長小林茂信先生より、『黄土』『トラジの詩』に続いて序文を賜った。ご多忙の中をご懇切なる序文を書いていただいたことを心より感謝申し上げる次第である。

そして、この文集の三百枚近くの原稿を清書してくださった兵庫県の高校教師向山義則さん、古林健司さんはじめ、当園理学療法士篠原久子さん、第一センター介護員星野和子さん、栗生盲人会職員滝沢やよいさん、中沢幸子さん、鈴木勝也さん、桐生に住む高村瑛子さん、この八名の方々に厚くお礼申し上げる。

大阪生野区聖和社会館館長金徳煥さんには、ご自身の本の準備があり、ご多忙中にもかかわらず本の帯を書いて下さった。心より感謝申し上げたい。

また、大阪に住む梁容子さんより、文章を書く資料として貴重なご本を送っていただいた。横山秀夫、谺雄二のお二方には、あたたかいアドバイスを頂いた。この三名の方々に対しても厚くお礼申し上げる。（初版第二刷）

金　夏　日

増補改訂版　あとがき

この度、随筆集『点字と共に』が増補改訂版として刊行されることとなった。『点字と共に』は一九九〇年に皓星社から刊行されたもので、一九九一年には群馬県文学賞（随筆部門）を受賞した。すでに在庫がなく、再販を希望する声もあり、どうしたら良いか思案していたところ、皓星社から呼びかけを受けた。『点字と共に』刊行以後の文章も収め、増補改訂版として出版しないかとの申し入れだった。願ってもないことと快諾した次第である。

底本は一九九一年三月の初版第二刷とし、旧版に手を入れ、新たに「高原」「高嶺」「ＪＬＭ」などに寄稿した十編の随筆を加えた。参考までに増補した文章を左に記しておく。

第二章　「再会」「雨降る中を」
第四章　「あれから十年」
第五章　「笑み」「マイク握れば」「カスマプゲ」
第六章　「ジゲタリ」「床石」「墓参」「電話」

なおこの度、徐京植氏に帯の推薦の辞を書いていただいた。ご多忙中にもかかわらずご快諾くださった氏に、心より感謝申し上げたい。また仲介の労をとってくださった「本の花束」編集部の岡本有佳さんにも、厚くお礼申し上げる。

皓星社からは第四歌集にあたる『機を織る音』の出版を予定している。出版をお引き受けくださった皓星社の藤巻修一社長、編集・制作を担当してくださったみなさまにも、この場を借りてお礼申し上げる次第である。

二〇〇二年二月一日

金　夏日

著者略歴

一九二六年（大正一五）　韓国慶尚北道の農家に生まれる。

一九三九年（昭和一四）　さきに朝鮮から日本に渡った父を訪ねて、母と長兄夫婦、次兄らと共に日本にくる。この年から昼間は菓子工場に働き、夜学に通う。

一九四一年（昭和一六）　ハンセン病を発病。東京・多磨全生園に入る。

一九四四年（昭和一九）　長兄が日本海軍軍属として取られ、それによる家族の生活苦をたすけるために多磨全生園を一時退園する。

一九四五年（昭和二〇）　東京空襲に遭い、焼け出される。この頃からハンセン病が再燃し、眼を病む。長兄戦死の公報とどく。

一九四六年（昭和二一）　病状悪化し、群馬・栗生楽泉園に入る。この年、亡き長兄の妻子、次兄ら帰国する。

一九四九年（昭和二四）　両眼失明するも短歌を学び始め、潮汐会に入会する。キリスト教に入信。母、帰国する。

一九五〇年（昭和二五）　東京に残った父と、帰国した母が相前後して死す。

一九五一年（昭和二六）　父の遺骨をひきとり、療園内の骨堂を借りて納める。

一九五二年（昭和二七）　点字を舌読で学び始める

一九五五年（昭和三〇）　朝鮮語点字を通信教育で学ぶ。

一九六〇年（昭和三五）　療園内の同胞たちによって朝鮮語学校が開かれ、日本統治下では学びえなかった朝鮮語を学ぶ。

一九六三年（昭和三八）　大腸、胆のうの手術を受ける。

一九六四年（昭和三九）　点字をまちがいなく打ちたいために、手指の整形手術を受ける。

一九六九年（昭和四四）　ようやく病菌陰性となり、九州へ旅行する。

一九七一年（昭和四六）　二月、第一歌集『無窮花』（光風社）を出版する。

一九七三年（昭和四八）　三月八日、父の遺骨を抱いて故国に埋葬するために帰国する。

一九八六年（昭和六一）　二月、第二歌集『黄土』（短歌新聞社）を出版する。

一九八七年（昭和六二）　八月、「トラジの詩」編集委員会編『トラジの詩《うた》』（皓星社）を出版する（栗生楽泉園韓国人・朝鮮人による合同文集）。

一九九〇年（平成二）　随筆集『点字と共に』（皓星社）を出版する。

一九九一年（平成三）　『点字と共に』が平成三年度群馬県文学賞（随筆部門）を受賞。

一九九二年（平成四）　礼団法人群馬県視覚障害者福祉協会より文学賞受賞。

一九九三年（平成五）　第三歌集『やよひ』（短歌新聞社）を出版する。

ハンセン病叢書　増補改訂版　点字と共に

発行　2003年 3 月10日
定価　2,500円＋税

著　者　金　夏日
発行人　藤巻修一
発行所　株式会社 皓星社
〒166-0004東京都杉並区阿佐谷南1-14-5
電話　03-5306-2088　　ファックス　03-5306-4125
URL http://www.libro-koseisha.co.jp/
E-mail info@libro-koseisha.co.jp
郵便振替　00130-6-24639

装幀　藤巻亮一
印刷・製本（株）大熊整美堂

ISBN4-7744-0355-5 C0095